十三歳の誕生日、皇后になりました。8

石田リンネ

B's-LOG BUNKO
ビーズログ文庫

イラスト／Ｉｚｕｍｉ

目次

- 序　章 ―― 6
- 一問目 ―― 22
- 二問目 ―― 63
- 三問目 ―― 123
- 四問目 ―― 165
- 終　章 ―― 206
- あとがき ―― 250

暁《あか》月《つき》
赤奏国の皇帝。
「ちょうどいいから」と
莉杏と夫婦に!?
蕗《ろ》莉《り》杏《あん》
まだ十三歳の
赤奏国の皇后。
暁月のことが大好き。
十三歳の誕生日、皇后になりました。8
人物紹介

舒《じょ》海《かい》成《せい》

将来有望な若手文官。
莉杏の教師も兼ねる。

翠《すい》進《しん》勇《ゆう》

翠家の嫡男で武官。暁月とは
幼いころからの付き合い。

翠《すい》碧《へき》玲《れい》

進勇の従妹で、
数少ない女性武官。

功《こう》双《そう》秋《しゅう》

武官。暁月が
禁軍にいたときの部下。

沙《さ》泉《せん》永《えい》

暁月の乳兄弟で従者。
文官を目指していた。

カシラム

叉羅国で莉杏が
保護した少年。

イル・オズト

バシュルク国の
傭兵をしている少女。

シヴァン

叉羅国の司祭。
アクヒット家の当主。

ラーナシュ

叉羅国の司祭。
ヴァルマ家の当主。

序章

かつて大陸の東側に、天庚国《てんこうこく》という大きな国があった。

天庚国は大陸内の覇権《はけん》争いという渦《うず》に呑《の》みこまれ、分裂《ぶんれつ》する形で消滅《しょうめつ》した。

新たに誕生した国は、黒槐国《こくかいこく》、采青国《さいせいこく》、白楼国《はくろうこく》、赤奏国《せきそうこく》の四つである。

このうち、南に位置する赤奏国は、国を守護する神獣《しんじゅう》を『朱雀《すざく》』に定めた。

慈悲深《じひぶか》い朱《あか》き鳥である朱雀《すざく》神獣は、いつだって皇帝《こうてい》夫妻と民《たみ》を慈《いつく》しんでいる――……と言われている。

赤奏国の皇帝『暁月《あかつき》』は十八歳の青年、皇后《こうごう》『莉杏《りあん》』は十三歳の少女である。

二人は朱雀神獣に認められた夫婦で、加護も授《さず》けられていた。しかし、どちらも年若いため、今はまだ『おままごとの夫婦』に見えてしまうときもあるだろう。

それでも暁月は、荒《あ》れ果《は》てた国を見事に立て直そうとしている名君だと讃《たた》えられているし、莉杏はその暁月をしっかり支えている賢《かしこ》い皇后だと言われている。

近年、飢饉《ききん》が続いていた赤奏国には多くの悩《なや》みがあるけれど、皇帝夫妻は力を合わせ、皆《みな》の力を借りながら、ひとつひとつ乗《の》り越《こ》えている最中だ。

「莉杏、皇后としての仕事がある」

暁月は、莉杏とゆっくり話せる寝《ね》る前の時間を大事にしている。

自分がなにを考えてどうしたいのかという本音を、人目《ひとめ》を気にすることなく莉杏に語って聞かせることができる唯一の時間だからだ。

「ムラッカ国とバシュルク国が戦争をしていたという話は知っているよな？」

「はい」

「ムラッカ国について知っていることを言ってみろ」

寝台《しんだい》で横になっていた莉杏は、外交の授業で習ったことを必死に思い出した。

「ムラッカ国は赤奏国の西隣《にしどなり》に位置しています。とても好戦的で、赤奏国と戦争をしたこともあります。ええっと、たしか、白楼国の白の皇帝陛下《へいか》が赤奏国と仲よくしてくれるのは、ムラッカ国に狙《ねら》われないようにするため……でもあります！」

「そうそう。他には？」

「ムラッカ国は乾《かわ》いた国です。雨があまり降らず、大河がなく、作物が育ちにくい砂漠《さばく》地帯もあります。騎馬《きば》民族《みんぞく》出身である現王家は、常に領土を広げようとしていて、戦争を起こす機会を探しています」

戦い続けることで国を維持《いじ》している危険な隣国《りんごく》。それがムラッカ国だ。

暁月は、ムラッカ国の動向をいつも気にしなければならない。

「あ……！　ムラッカ国はこの間、叉羅国《サーラこく》とも戦争をしていました！　叉羅国との戦争に勝って、叉羅国の領土の一部を得ています！」

ムラッカ国は、勝てる戦争があると判断したらすぐに攻《せ》めこみ、勝ったらさっと兵を引く。戦争での勝ち方をよく知っている国だと、教師役の文官《ぶんかん》は言っていた。

「基本は押さえているな。なら、バシュルク国については？」

「バシュルク国は、赤奏国の南西にある叉羅国よりもさらに西……山岳地帯《さんがくちたい》にある小さな国です。民は農業だけで食べていけないので、国そのものが傭兵業《ようへいぎょう》をしていて、それでお金を稼《かせ》いで、食料を他の国から買っています。それから……」

莉杏は、バシュルク国の傭兵について習ったことをひとつひとつ思い出していく。

「バシュルク国の傭兵は、どこの国の軍よりも鍛《きた》えられています。雇《やと》い主《ぬし》を絶対に裏切らず、任務成功率がとても高いので、依頼《いらい》がたくさんきているそうです。国の中の情報がまったく得られない秘密主義の国としても有名です」

莉杏が知っていることをなんとかすべて言いきると、暁月はにやりと笑った。

「よく勉強しているな。……あんたが皇后になってから、そろそろ一年ってところか。一年でここまで知識をつけるなんて、思ってもみなかったよ」

「わたくし、しっかり学べていますか⁉」

「外交、歴史、異国語、琵琶《びわ》に、刺繍《ししゅう》に、書に、詩歌《しいか》、闘茶《とうちゃ》……あんたは天才じゃないが、なんでも素直《すなお》に学ぶ。この調子で地道に知識を増やしていけ」

「はい！」

暁月に褒《ほ》められた莉杏は嬉《うれ》しくなる。やった！　と暁月に抱《だ》きつこうとして、はっとした。まだ話は終わっていないはずだ。

「もしかして、次の皇后のお仕事は、バシュルク国とムラッカ国に関わるものですか？」

「そう。どういう内容だと思う？」

「ええっと……きっと戦争に関係していますよね」

バシュルク国とムラッカ国は戦争をしていたけれど、そもそも地図上では接していない。国交が盛《さか》んという話もなかった。

それなのに、戦争をしなければならない『なにか』がある。

（その『なにか』を解決してほしいとか……？）

二国間で起きた戦争のことを教えてくれた噂話《うわさばなし》に強い武官《ぶかん》の功双秋《こうそうしゅう》は、「うちの国を通ってもいいですよって言ってくれる国があったら、離《はな》れていても戦争ができるんですよ」と言っていた。

バシュルク国とムラッカ国の間には、他の国に「通ってもいいですか？」と頼《たの》まなければならないほどの『なにか』があったはずだ。

「赤奏国が戦争の原因に関わっていたのですか？」

「そっちにいったか。残念、不正解だ」

暁月はがっかりした莉杏を見て、にんまりと笑った。

「赤奏国はこの戦争に無関係だ。無関係だから、関わることになったのさ」

莉杏は暁月の説明に混乱してしまう。

――無関係だから関わる。

それは一体どういう意味なのだろうか。

「バシュルク国とムラッカ国の戦争は、引き分けに近い形で終わった。今は停戦中。これから、戦争を正式に終わらせるための交渉《こうしょう》が叉羅国で始まる」

暁月は、現在の二国間の状況《じょうきょう》を語る。

莉杏はがっかりから一転して、ぱっと笑顔になった。

「話し合いでの解決になってよかったです！」

しかし、暁月は笑顔の莉杏を見て意地の悪い笑《え》みを浮《う》かべる。

「話し合いで解決できるのなら、戦争なんてそもそも起こらないんだよ。つまり……」

「また戦争が始まるんですか⁉」

莉杏が大変だと息を呑《の》めば、暁月はくくっと笑った。

「話し合いに第三者を入れて、仲裁《ちゅうさい》してもらうんだ。恋人《こいびと》同士の喧嘩《けんか》でもよくある話だろ。共通の友人が出てきて『まぁまぁ』ってやってくれるやつ」

暁月は、莉杏にとってとてもわかりやすい喩《たと》えを出してくる。

莉杏はうんうんと頷《うなず》き、眼《め》を輝《かがや》かせた。

「あります！　すごくあります！　その共通の友人が男性の場合、女性主人公に恋《こい》をしているのですけれど、でも女性主人公のために仲直りできるようにするのです……！」

切ないですよね……と莉杏が胸に手を当てていると、暁月が呆《あき》れた顔をする。

「おれなら恋人同士の仲を引《ひ》き裂《さ》くけどな。二度と痴話喧嘩《ちわげんか》に巻きこまれなくなるから……って、話がずれた。その『まぁまぁ』をしてくれって、今、バシュルク国とムラッカ国から正式に依頼されているわけ」

「赤奏国に仲介《ちゅうかい》の依頼ですか⁉」

歴史の授業でも戦争の話はよく出てくる。

皇后である莉杏は、いざというときは皇帝代理として国を導かなければならないので、実際に戦争をするときはどのような準備をするのか、戦争中にしなければならないことはなにか、戦争をどうやって終わらせたらいいのかということも教えられていた。

戦争の始まり方は色々ある。けれども、戦争の終わらせ方は大きく分けると二つしかない。降伏《こうふく》するかさせるか、もしくは撤退《てったい》するかさせるかだ。

両軍の動きが止まれば、あとは話し合いで決めましょうになる。戦争の場所は卓《たく》の上になり、言葉という武器を使うことになるのだ。

「陛下、すごいです！」

莉杏は興奮しながら暁月を見上げた。

「仲介を頼まれたということは、赤奏国が二カ国から敬意を払《はら》われている国になったと思ってもいいのですよね⁉」

「そうだよ」

戦争終結のための話し合いを当事国間だけで行うと、言いたいことを言うだけになり、話し合いにならない。

話し合いをしたいのなら、非当事国が必要だ。非当事国が双方《そうほう》の主張を聞き、ここは譲《ゆず》りなさいと双方を説得し、合意できるところを探していくのである。

しかし、どちらの国も自国有利の条件で戦争を終わらせたい。絶対に頷かないぞと思っている国を頷かせることになる仲介役の非当事国は、どちらの国にも敬意をもたれていて、この国に言われたらしかたないと思わせる力が必要なのだ。

「今回は白楼国に推薦《すいせん》してもらったって形だけれどな。でも、ムラッカ国もバシュルク国も赤奏国でいいと頷いた。おれたちの国の評価がそれだけ上がってきているってことだ。……まぁ、白楼国って後ろ盾《うしろだて》もあるからだろうけれどさ」

暁月は、皇帝位を正規の手段で得るために、大陸の東側で最も強い国と噂《うわさ》されている白楼国の力を借りた。

暁月が即位《そくい》してからは、赤奏国と白楼国はとても密接な関係にあり、暁月はその事実にとても助けられている。

「陛下が目指している国にまた一歩近づきましたね！」

莉杏の嬉しそうな声に、暁月は指を二本立てた。

「折角《せっかく》だから、皇后のあんたにがんばってもらって、二歩近づこうぜ」

「……！　そうでした！　わたくしのお仕事の話でした！」

最初に暁月は、皇后としての仕事があると言っていた。

話の流れからすると、おそらくは……。

「仲介を任された国は使節団を派遣《はけん》する。だいたいは皇太子《こうたいし》や皇族《こうぞく》をその責任者にすることが多い。実質の交渉は文官にやらせるけれどな。……で、今回、赤奏国は使節団の責任者を皇后にするつもりだ」

暁月の指が、莉杏のくちの端《はし》をとんとんと叩《たた》く。

「ずっとにこにこ笑っていろ。でも一歩も引くなよ。『赤奏国が考えた合意点』へ絶対にもっていく。ムラッカ国に舐《な》められるわけにはいかないからな。舐められたら次に攻めこまれるのはこの国だ」

「はい！」

これは責任重大な仕事だ。莉杏はどきどきしてきてしまった。

今までだったら、国を代表する仕事の中で絶対に失敗できないものは、暁月が直接足を運ぶか、言いなりになってくれる皇族の誰《だれ》かに声をかけていただろう。

しかし、いよいよその仕事が莉杏にも回ってくるようになったのだ。

(陛下の期待に応《こた》えたい……!)

暁月の寵愛《ちょうあい》を頂くためにも、精いっぱいこの仕事に取り組もう。

莉杏がえへへと笑っていると、暁月がよしと頷いた。

「ついでにバシュルク国とできるだけ仲よくしてこいよ。この国にそんな金はないが、いつかはバシュルク国の傭兵を雇ってみたいんだよな」

「傭兵を雇うというのは、そんなにもお金がかかるのですか?」

「バシュルク国の傭兵部隊の報酬《ほうしゅう》を出せる国なんて、そうそうないだろうよ。この辺りだと白楼国ぐらいだろうな。……あと、バシュルク国は仕事を選ぶ。おれみたいなバシュルク国との縁《えん》がまったくないやつからの依頼は、絶対に引き受けてくれない」

暁月は、その『絶対に引き受けてくれない』という状況から、『もしかしたら引き受けてくれるかもしれない』という状況にもっていきたいのだろう。

そのためにも、莉杏は今回の仲介で大活躍《だいかつやく》し、バシュルク国に感謝をされるという結果を残さなければならない。

「バシュルク国とたくさん仲よくしてきます!」

「おー、期待しているぜ」

暁月が面白《おもしろ》がるように言う。これはさほど期待していないときの返事だ。

「バシュルク国もムラッカ国も、それぞれ自分の国の事情ってやつをもちこむ。話し合いの場となる叉羅国でなにかが起きてもおかしくない。危なくなったらすぐに帰ってこいよ。こっちは最悪、話し合いがどうなろうと自分の国に関係ないわけだし」

「話し合いの場で起きること……喧嘩とかですか？」

話し合いが拗《こじ》れたら、手が出ることもある。

それは男も女も同じだと、莉杏は物語で学んでいた。

「喧嘩で終わるといいけれど、終わらなかったら戦争が起きるかもな」

「戦争!?」

「戦争のきっかけは、あいつがむかついたからでも充分《じゅうぶん》なんだよ」

莉杏はひえっと息を呑む。

「今回はムラッカ国もバシュルク国も、そういう気持ちになってしまいますよね!?」

戦争を終わらせようとして無理難題を押しつけ合えば、どちらの国も陰《かげ》で「あいつがむかつく」と言うだろう。

仲介役である莉杏は、二国間の空気が悪くならないように気をつける必要もありそうだ。

「なるなる。それから、戦争を起こすのは、バシュルク国とムラッカ国に限ったことじゃないからな。叉羅国は異国人嫌《ぎら》いで有名だ。今回はバシュルク国に恩を売りたいという目的があったから、話し合いの場を提供することになったんだ。ある日、いきなり叉羅国人が『異国人がむかつく』と騒《さわ》ぎ出して、戦争になるかもしれない」

「いきなりですか⁉」

「可能性は低いけどな。でも、叉羅国に関しては奥の手があるぜ。いざというときにあんたを助けるかもしれない合言葉を教えてやるよ」

晩月は耳を貸せと莉杏に言う。

莉杏は素直に暁月へ耳を近づけた。

……すると、ふっと息が吹《ふ》きかけられる。

「きゃあっ！」

今から息を吹きかけるぞという予告があったら、そよ風のようにしか感じられない刺激《しげき》だっただろう。しかし、突然《とつぜん》のことだったので、莉杏は悲鳴を上げてしまう。

「お、ひっかかった」

思った以上の反応を得られた暁月は、にやにや笑った。

莉杏は、負けてはならないと暁月に飛びかかり、その耳を狙う。しかし、暁月の手が邪《じゃ》魔《ま》してくるので、上手《うま》くいかない。

暁月とのじゃれ合いを、莉杏はきゃあきゃあと喜んだ。

「陛下、ずるいです〜！」

「そうそう、おれはずるいんだよ」

莉杏の反撃《はんげき》を抑《おさ》えこんだ暁月は、指で莉杏の耳を軽くひっぱった。

「ほら、今度こそ本当の合言葉だ」

「はいっ」

そして、暁月は合言葉を小声で莉杏に教える。

莉杏は、こうやって小声で話していると内緒話《ないしょばなし》をしているような気持ちになってきて、どきどきしてしまった。

「……これが『合言葉』ですか？」

「平民にはあまり効果がないかもしれない。でも、そこそこの教育を受けているやつには効くと思うぜ。叉羅国人は恩人を大事にするからな。しっかり覚えておけよ」

「わかりました！」

莉杏は絶対に忘れないようにと、教えてもらった合言葉を何度も呟《つぶや》く。

暁月の半分本気で半分冗談《じょうだん》の合言葉を真面目に練習する莉杏に、暁月はあんたはそういうやつだよねぇと苦笑《くしょう》した。

「あんたがお気楽なやつでよかったよ。緊張《きんちょう》で食欲が〜腹が〜って言い出す女だと、おれが求める皇后ってやつになれないしねぇ」

莉杏は、『暁月が求める皇后』にまた少し近づいていることがわかって嬉しくなってしまう。

「では、陛下は緊張するとどうなりますか⁉　わたくしはどきどきします！　今もしています！」

「おれ？　……あんたと似たようなものだろうな」

「陛下とお揃《そろ》い！　嬉しいです！」

莉杏は暁月に勢いよく抱きつく。

暁月は慣れた手つきで、はいはいと莉杏を抱きしめ返した。

「明日から仲介役に必要な勉強を増やすぞ。……ってことで、今日はもう寝ろ」

「はぁい」

暁月の手は莉杏の歩揺《ほよう》を引き抜いたあと、莉杏の滑らかな黒髪をひと撫《な》でし、そのまま寝台に誘う。

莉杏は暁月の温《ぬく》もりを感じながら、そわそわしてしまった。

できることが一つずつ増えている。

難しいことに挑戦《ちょうせん》させてもらえる。

きっとこの大きな仕事は、十三歳の年の最後の仕事になるだろう。

誕生日を笑って迎《むか》えられるようにがんばろうと気合を入れた。

暁月《あかつき》はすぐに寝ついた莉杏《りあん》を見て、笑ってしまいそうになってしまった。

どきどきしていると言いながらも、莉杏はあっさり寝てしまう。大物だと呆れてしまうのと同時に、頼もしさを感じていた。

「このおれが、十三歳の子どもにそんなことを思う日がくるなんてねぇ」

莉杏は、いつか立派な皇后になるかもしれないのではなく、立派な皇后を目指してしっかり歩んでいる。

隣できちんと見ておかないと、その成長を見逃してしまうだろう。

叉羅国《サーラこく》で難しい仲介役を務めているところを、少しでいいからこの眼《め》で見たかったなと思ってしまった。

「交渉の実務は海成《かいせい》がどうにかしてくれる。バシュルク国とムラッカ国の信頼《しんらい》を得てくるのは、莉杏が一番適している。待っているだけでいいってのは贅沢《ぜいたく》だな」

莉杏が帰ってくるころには、皇帝の即位一周年記念の祝いと、それから同時に莉杏の十四歳の誕生日を祝う宴《うたげ》の準備が整っているはずだ。

莉杏の喜ぶ顔が見られるという楽しみのおかげで、しばらくは予定がつまっていても不《ふ》機嫌《きげん》にならなくてすみそうだ……と暁月も眼を閉じた。

ムラッカ国とバシュルク国の仲介《ちゅうかい》を任された莉杏《りあん》は、改めて二カ国の歴史や礼儀《れいぎ》作法、それから話し合いに使われることになった叉羅語《サーラご》の勉強に励《はげ》んだ。

その合間には、もっていく土産《みやげ》を選んだり、どの衣装《いしょう》にするかを悩《なや》んだりもしなくてはならない。

ムラッカ国、バシュルク国、叉羅国の三カ国にとって、縁起《えんぎ》のいいものや悪いものはそれぞれ違《ちが》う。女官《にょかん》たちは腕《うで》の見せどころだと毎日話し合っていた。

慌《あわ》ただしい日々を過ごせば、いよいよ出発だ。

皇后《こうごう》の馬車には、護衛の女性武官《ぶかん》である翠碧玲《すいへきれい》と、馬車の中でも勉強できるように文官《ぶんかん》の舒海成《じょかいせい》も同乗することになった。

海成は二十代の青年文官だけれど、官吏《かんり》の人事を担当する吏部《りぶ》の二番目に偉《えら》い人――……吏部侍郎《じろう》という役職に就《つ》いている。将来は間違《まちが》いなく宰相《さいしょう》になる有能な人物だ。

難しい交渉《こうしょう》をまとめ上げることができるのは海成だけだろうということで、海成は臨時に新しい『礼部尚書補佐《れいぶしょうしょ》』という役職を与《あた》えられ、使節団の実質の責任者になっていた。

（あれが赤奏国《せきそうこく》内の最後の関所ね）

皇后の馬車は、赤奏国内を順調に走ったあと、ついに叉羅国に入るための関所に着く。

莉杏は赤奏国側の関所の責任者と挨拶《あいさつ》をし、叉羅国内はいつも通りのようですという報告を聞いたあと、関所を通過した。

次は叉羅国側の関所だ。事前に叉羅国から関所の責任者に連絡《れんらく》が入っていたようで、莉杏たちはすぐに通してもらえた。

（叉羅国に入った……！）

段々と景色が変わっていく。

街道《かいどう》を行《い》き交《か》う人々の姿や、建物の形や色、自然と耳に入ってくる言語……異国にきたことを全身で感じることができた。

「懐《なつ》かしいです……！」

莉杏が馬車の窓から外の景色を見て喜んでいると、碧玲が首をかしげる。

「ああ、ラーナシュ司祭さまのことですね。たしかに懐かしいです」

少し前、叉羅国の司祭であるラーナシュ・ヴァルマ・アルディティナ・ノルカウスが赤奏国を訪ねてきた。ラーナシュは爽《さわ》やかだけれど嵐《あらし》のような青年で、誰《だれ》もがその勢いに圧《あっ》倒《とう》され、振《ふ》り回《まわ》されてしまっていた。

碧玲はラーナシュとの日々を思い出し、ため息をつく。

（いけない！　年末に朱雀神獣《すざくしんじゅう》になった陛下《へいか》と二人で叉羅国まで行ったことは、内緒《ないしょ》にしておかないと……！）

莉杏はうっかり発言をしないように気を引きしめる。皇帝《こうてい》と皇后の二人旅なんて絶対にしてはいけないことだ。

しかし、もしも機会があるならまた陛下と二人きりでどこかに行きたいな……と思ってしまった。

「ラーナシュ司祭さまがいらっしゃったときはとても大変でしたね」

海成がしみじみ呟《つぶや》いていると、馬車が突然《とつぜん》ガタンと揺《ゆ》れる。

直後に、馬の嘶《いなな》きと、「どうした⁉」や「誰だ⁉」という叫《さけ》びが聞こえてきた。

碧玲はすぐに馬車の扉《とびら》に視線を向け、莉杏は身を低くして窓からの攻撃《こうげき》に備える。

「報告しろ！」

碧玲が鋭《するど》い声を放てば、外にいる護衛の武官はすぐに状況《じょうきょう》を報告してくれた。

「子どもが一人、馬車の前に飛び出してきました。幸いにも事故にならなかったのですが、その子どもは怪我《けが》をしていて、『追われている。助けてくれ』と言っていまして……」

わざと馬車に轢《ひ》かれて治療費《ちりょうひ》を要求するという『当たり屋』と呼ばれる人がいることなら、莉杏も知っている。

しかし、元から怪我をしているのであれば、盗賊《とうぞく》に襲《おそ》われたとか、喧嘩《けんか》に巻きこまれたとか、なにか事情があるのだろう。

「碧玲、その子どもを助けるように頼《たの》んでください。馬車の中で治療を」

「わかりました」

碧玲は莉杏の命令に従い、外の武官に指示を出す。

さすがに身元がわからない子どもを皇后の馬車に乗せるわけにはいかないので、荷物用の馬車に乗せて治療することになった。

（あ……、男の子なのか女の子なのかを聞いていなかったわ）

莉杏はいけないことだとわかっていても、好奇心《こうきしん》に負けて少しだけ腰《こし》を浮《う》かす。そして、皇后の馬車の横を通っていく子どもの姿をちらりと見てみた。

——茶色の髪《かみ》に、あまり日に焼けていない肌《はだ》。そして、手の甲《こう》の紋様《もんよう》。それから鮮《あざ》やかな青色の衣服。

ぱっと見ただけでも叉羅国人ではないことがわかるし、おそらくは男の子だ。

叉羅国の人々は異国人を好まないとよく言われているので、この少年は異国人だからという理由で襲われてしまったのかもしれない。

（ええっと、あの紋様はどこかで……。それにあの織物《おりもの》……）

莉杏は見たことがあった気がして、過去の記憶《きおく》を必死に思い出そうとする。そのとき、再び前方から「止まれ！」「武器を！」という武官の叫びが聞こえてきた。

「さっきの子どもを追ってきた盗賊かもしれませんね。さすがにこの規模の集団を襲うことはないと思いますが、万が一ということもあります」

碧玲が注意してくださいと莉杏に言う。

莉杏は再び外の声に耳を澄《す》ませた。

「止まれ！　誰だ⁉」

武官が叫《さけ》んだあとに、謝るような声が聞こえてきた。

前方からやってきたのは、どうやら盗賊ではなさそうだ。武官の指示におとなしく従っている。

——赤奏国の高貴なる方々に無礼なことをして申し訳ない。我々は子どもを追いかけていた。

訛《なま》っている赤奏語で誰かがこちらに謝罪している。

しかしこの訛り方は、叉羅語訛りではない気がした。

「……うん？　これはムラッカ語訛りの赤奏語ですね。ムラッカ国人が叉羅国に？」

莉杏が正解にたどり着く前に、同じように聞き耳を立てていた海成がさらりと正解を口にしてくれる。

「ムラッカ語……、……あ！」

莉杏は保護した少年の手の甲の紋様と衣服をどこで見たのか、海成の言葉をきっかけにして思い出した。

（もしかして、あの子……！）

莉杏が息を呑《の》んだとき、武官たちはムラッカ語訛りの赤奏語を話す男に、探している少年の特徴《とくちょう》を話すよう促《うなが》していた。

ムラッカ語訛りの赤奏語を話す男は、先ほど保護した少年の特徴をくちにしていく。

──髪は茶色。青い服を着ている。もしかしたら上着は脱《ぬ》いだかもしれない。

──叉羅語はある程度なら話せる。

──歳《とし》は十三歳ぐらい。

ムラッカ語訛りの赤奏語を話す男たちは、やはり先ほど保護した少年を追っていたようだ。

莉杏が保護してほしいという指示を出したあとなので、武官の皆《みな》は知らない顔をしてくれるだろう。

（でも、『してくれるだろう』では駄目《だめ》……！）

武官が判断に迷って莉杏の指示を求めるという事態になれば、賢《かしこ》い人はそれだけで『なにか隠《かく》していることがある』と気づいてしまう。

莉杏は少年の存在を絶対に隠し通したくて慌てて立ち上がったけれど、相手を追い返すような指示や台詞《せりふ》はとっさに思いつかなかった。

（わたくしが庇《かば》うことで、逆に違和感《いわかん》をつくってしまうかもしれない）

莉杏は、自分だけでは力足らずだと判断し、海成を頼《たよ》ることにする。

「海成、保護した子を絶対に隠し通す必要があります！　事情説明はあとです。わたくしと一緒《いっしょ》に外へ出て、どうにかしてください！　碧玲、外に出ます！」

莉杏の頼みに、碧玲と海成は驚《おどろ》きながらも頷《うなず》いてくれた。

碧玲は馬車の扉を開け、莉杏に手を差《さ》し伸《の》べて馬車から降ろしてくれる。海成もそのあとをついてきた。

「静かに！　これはどういうことだ⁉」

碧玲が莉杏の前に立ち、万が一のときは盾《たて》になれるようにしてくれた。

莉杏はどきどきしながらも、皇后らしい笑顔《えがお》をつくる。

「ご機嫌《きげん》よう、皆さん。ムラッカ語のような言葉が聞こえたので、もしかしてムラッカ国の使節団かと思ったのですが……そうではなさそうですね」

莉杏が姿を現せば、武官たちは一斉《いっせい》に拱手《きょうしゅ》をした。

――明らかに貴人だとわかる絢爛豪奢《けんらんごうしゃ》な衣装、立派な馬車、大規模な護衛団。

これらを見れば、さすがにムラッカ国の人々も、気軽に声をかけてはいけない相手だと察することができたようだ。

「こちらは赤奏国の皇后陛下である。その道中に立《た》ち塞《ふさ》がるとは何事だ！」

碧玲が声を張り上げれば、ムラッカ国の人たちは慌てて膝《ひざ》をつく。

金もちと思っていたけれど、そこまでの相手だとはさすがに思っていなかったのだろう。

「申し訳ありませんでした！　盗《ぬす》みを働いた子どもを追っていまして……！」

「子ども……ですか？　男の子ですか？　女の子ですか？」

「十三歳ぐらいの少年です！」

莉杏はにこりと微笑《ほほえ》んだ。

「それならば先ほどその子を見かけましたわ。わたくしたちの馬車が危《あや》うく轢《ひ》きそうになったのです。武官が飛び出してきた無礼な子どもを捕《つか》まえようとしてくれたのですけれど、子どものしたことだから許せ……とわたくしが解放してあげました」

「……！　それは本当ですか⁉」

莉杏は海成をちらりと見て、あとは任せるという意思表示をする。

海成は表情を変えないまま莉杏の一歩前に出た。

「本当ですよ。この街道を駆《か》けていきました」

海成の指が、莉杏たちの向かう方向とは逆の方向を示す。

「それで、貴方《あなた》たちはどこの誰でしょうか。ムラッカ国の方々だということはわかりますが……。赤奏国の皇后陛下の馬車を止めた無礼は、のちほど問題にさせてもらいます」

話題が自然に切《き》り替《か》わった。少年の話はあっさり終わりになる。

（海成……！　すごいです！）

これでこちらの武官たちに考える時間が与えられた。自分の発言や行動に気をつけることができるだろう。

「その、我々は……」

「ムラッカ国の使節団の関係者とお見受けします。その制服は近衛兵《このえへい》のものですよね？もしやヒズール王子殿下の護衛ですか？」

海成があっという間にムラッカ国の男性たちの正体を見破る。

莉杏は海成のうしろで、女官に取り囲まれながら、王子の近衛兵の服をちらりと見てみた。

「申し訳ございませんでした……！」

ヒズールの近衛兵たちはごまかすことを諦《あきら》め、頭を下げてくる。

「我々はムラッカ国のヒズール王子殿下の近衛兵です。馬車から荷を盗んだ子どもを探していました。赤奏国の皇后陛下の馬車と気づかず、失礼をいたしました……！」

「どのような荷物を盗まれたのですか？　子どもが抱《かか》えられるようなものなら、そう大きなものではないですよね？」

ヒズールの近衛兵たちは、海成の質問にすぐに答えられない。

顔を見合わせたあと、一番前に立っていた近衛兵がなんとか答えた。

「その、宝石です。そう、宝石でした」

海成のおかげで、ヒズールの護衛たちの『荷物を盗んだ』という発言は、あまり信用できないものだとわかる。

（これだけでも充分《じゅうぶん》だわ）

莉杏は再び一歩前に出た。

「そのような事情があったのですね。……ムラッカ国とはこれから大事な話し合いがあるので、この場はこれで終わりにしましょう。では、わたくしたちが通れるように、馬を移動させてください」

ヒズールの近衛兵たちは、少年を見つけるという目的があった。

しかし、海成の追及《ついきゅう》によって、『これ以上、赤奏国の使節団を怒《おこ》らせてはいけないし、早く通さなければならない』が最優先事項《じこう》になる。彼らは慌てて馬を移動させ、莉杏たちが通れるようにした。

馬車の中に戻《もど》った莉杏は、ふうと息を吐《は》いたあと、碧玲に確認《かくにん》を頼む。

「ヒズール王子の近衛兵の方々は、わたくしたちを見張っていませんよね？」

「はい。海成殿《どの》の嘘《うそ》を信じ、反対方向に向かったようです」

碧玲は馬車の窓からそっと街道の様子を見て、もう大丈夫《だいじょうぶ》であることを教えてくれた。

「海成、先ほどは助かりました。ありがとうございます」

近衛兵たちが武官を疑ってあれこれ尋《たず》ねてきていたら、武官の誰かはうっかりあの子を乗せた馬車をちらりと見てしまったかもしれない。

妙だなと思われてしまうきっかけを少しでも減らすために、ヒズール王子の近衛兵と会話する人物を海成だけにしたのだ。

「皇后陛下のお役に立ててよかったです。……ですが、どうしてあの子どもをそこまで庇うんですか？　嘘だとは思いますけれど、あの少年はヒズール王子殿下の荷物を盗んだと近衛兵たちが言っていました。なにか気になることでも？」

もっとあの子どもを警戒《けいかい》した方が……と海成は心配してくれる。

「わたくしは少しだけあの子の姿をここから見たのですけれど……、あの子はただのムラッカ国生まれの子どもではないでしょう。手の甲にこんな模様がありました」

莉杏は手の甲を見せ、指で模様を描《えが》いた。

海成はすぐその模様の意味に気づいたようで、まさか……と眼《め》を見開く。

「ムラッカ国の王族の印……！」

ここ最近、莉杏はムラッカ国について海成から色々なことを教えてもらっていた。

ムラッカ国の王族の手の甲には、紋様が描かれている。王の紋様と王妃《おうひ》の紋様と皇太子《こうたいし》の紋様と王族の紋様があり、さらに既婚《きこん》と未婚《みこん》の紋様もあるという話だった。

そのときに海成は、ムラッカ国の使節団の責任者はヒズール王子だから、手にこのような紋様がある人がヒズール王子だということを教えてくれたのだ。

「まさか、ヒズール王子殿下が追われている⁉」

碧玲が驚けば、海成は首を横に振った。

「年齢《ねんれい》が合いません。先ほどの男たちは、子どもの年齢を十三歳と言っていました。ヒズール王子殿下は十七歳です」

追われている少年はヒズール王子ではない。けれども、おそらく彼はムラッカ国の王族だ。

どう考えても、やっかいな事態が発生していることは明らかである。

「十三歳の王子なら……カシラム王子でしょうか？」

莉杏はムラッカ国の歴史をちょうど学び直したあとだったので、十三歳の王子の名前をなんとか思い出すことができた。

「はい。たしかカシラム王子殿下は、一年前まで人質《ひとじち》として別の国で暮らしていたはずです。ムラッカ国がその国を滅《ほろ》ぼしたときに、ムラッカ国にようやく戻ってきたという話でしたが……」

「カシラム王子は大変だったんですね」

助けた少年がカシラム王子なのかどうかはわからない。けれども今は、最悪の事態を想定しながら動くべきだろう。

（ムラッカ国で大きな事件が起きたのかもしれない……！）

このまま匿《かくま》い続けた方がいいのだろうか。それとも、早く別の国に連れていった方がいいのだろうか。

彼の行き先を決めるのは、皇后である莉杏の役目だ。

「碧玲、次の街で一度馬車を止めてください。少年を見張る人が必要ですし、話も聞きたいです。それから武官たちに、保護した少年はいないものとして扱《あつか》うようにともう一度頼んでおいてください」

「わかりました。ちょうど、次の街で泊《と》まる予定でした。ムラッカ国の手の者がうろついているかもしれませんので、皇后陛下の荷物の中に少年を隠して宿の中へ運びこみます」

「お願いしますね」

その後、馬車は問題なく進み、大きな街に入る。

街で一番大きな宿には、赤奏国の皇后一行が泊まりにくるということを事前に知らせてあったので、街の人々は赤奏国の皇后一行を一目見ようと集まってきていた。

海成が外を見ながら、うわぁという声を出す。

「人が多すぎて危ないですね……おっと！」

武官の「止まれ！」という声が聞こえてくるのと同時に、馬車が止まった。

莉杏はとっさに手を出してくれた碧玲のおかげで無事だったけれど、海成は無事ではなかったらしい。

「いたた……」

海成は頭をぶつけたようで、小さな声で呻《うめ》いていた。

「こうなると思いましたよ。人を轢いていないといいんですが……」

莉杏が海成の言葉にひえっと息を呑んでいる間に、碧玲は外へ声をかける。

「報告！」

「はい！　子どもが飛び出してきて、それを庇うように別の子どもが飛び出してきました！　現在、二人の子どもに声をかけているところですが、目立った怪我はどちらにもありません！」

莉杏は武官からの報告にほっとする。

馬車に轢かれたら怪我ではすまない。ぶつからなくて本当によかった。

しかし、碧玲は警戒を解かずに、厳しい視線を窓に向けている。

「子どもが飛び出してきた理由はわかっているのか？」

「手にもっていた果物《くだもの》を落とし、それが転がってしまい、追いかけてきたようです。周囲に不審《ふしん》人物はいませんが、皇后陛下を狙《ねら》った作戦の一部である可能性も考え、子どもの無事を確認次第《しだい》、すぐ宿に入ります」

碧玲は万が一のことを考え、馬車の外を警戒したままだ。

こういうとき、莉杏はできるだけじっとして、外から見られないようにしておかなければならない。

街の中心部にある宿まであと少し。莉杏はそのまま静かに待機しているつもりだったのだけれど、新たな驚きの情報が飛びこんできた。

「報告です！　子どもを庇って飛び出してきた別の子どもですが、バシュルク国の傭兵《ようへい》でした！」

「……バシュルク国？」


バシュルク国は叉羅国の西に位置しているけれど、叉羅国と接しているわけではない。そして、叉羅国との国交が盛《さか》んというわけでもない。

叉羅国にバシュルク国の子どもがいて、おまけにその子どもは傭兵で、赤奏国の皇后一行の馬車の近くにいたのなら、不審に思う必要がある。

「バシュルク国の傭兵は足をひねったようです。叉羅語が話せるようなので、叉羅語で具合を尋ねてみたところ、大丈夫だと言われましたが……」

傭兵がどのような理由でこの街にきていたのかはわからない。しかし、足をひねってしまったのなら、これからの移動に困るだろう。

「同行人がいるのか、どこへ行きたいのか、馬はあるのか、足の怪我はどの程度か……バシュルク国の傭兵に訊《き》いてみてください」

莉杏が指示を出せば、武官はすぐに動いた。

少し経《た》ってから、また報告にやってくる。

「仲間はいないそうです。馬も馬車もなく、乗合馬車や徒歩で首都まで向かっていたという話でした。同行の医者に足を診《み》てもらったのですが、軽い怪我なので、数日間休めば大丈夫だそうです」

傭兵が単独行動をしていた理由はただ一つ、『諜報《ちょうほう》活動中だったから』だろう。

このまま解放するか、それとも怪我が心配だからと言ってつきそいをつけてしばらく見張らせた方がいいのか、莉杏は迷ってしまった。

「今日はもう宿に泊まるだけです。傭兵の子をわたくしたちの宿に招き、しっかり治療してあげてください。そのときに少し話をしてみましょう。傭兵の子を『彼』に会わせないよう注意してくださいね」

「わかりました」

莉杏が武官に指示を出すと、「道を空けた」「出発してもいいぞ」という声が聞こえてくる。そして、がたんと馬車が揺れたあと、ゆっくり進み出した。

「……バシュルク国の傭兵は、何歳《なんさい》になったらなれるのでしょうか」

最初の報告では、飛び出してきた子を庇ったのは『別の子ども』である。声をかけてからバシュルク国の傭兵だと判明したので、おそらくかなり幼い見た目なのだろう。

「男だったら十三歳ぐらいから可能ですね。バシュルク国の傭兵学校には年齢制限がないんです。身体《からだ》が大きくて体力もあるのなら、子どもでも傭兵になれます」

莉杏の疑問に、海成が丁寧《ていねい》に答えてくれた。

「……十三歳」

莉杏はカシラム王子の人質生活に驚いていたけれど、バシュルク国の子どもたちの生活の厳しさにも驚かされてしまう。

(バシュルク国の人々は、子どものうちから傭兵になって働いている……)

足を怪我したバシュルク国の傭兵は、どんな子なのだろうか。本当にただの親切な人であれば、色々なことを聞いてみたい。

莉杏がそわそわしていると、海成は莉杏の様子から、莉杏がなにを考えているのかを察してくれた。

「皇后陛下、足を怪我したバシュルク国の傭兵ですが、間違いなく間諜《かんちょう》でしょう。バシュルク国は、赤奏国の使節団の責任者が皇后陛下であることや、皇后陛下のお歳も知っているはずです。皇后陛下に歳の近い者をわざと近づけて情報を得ようとしているのかもしれません」

海成は気をつけた方がいいと忠告してくれる。

莉杏は勿論《もちろん》ですと笑顔で頷いた。

「ですが、わたくしに近づくことで得られる情報とはどのようなものでしょうか？　今回のわたくしは仲介役なので、現時点ではどれだけ近づいても得られるものはないと思います」

誰がくるのか、いつ到着《とうちゃく》するのかという情報は、既《すで》に叉羅国へ伝えてある。それはバシュルク国にもムラッカ国にも伝わっているはずだ。

莉杏たちは双方《そうほう》の主張を聞いてから「まぁまぁ」を言う予定なので、むしろこちらが事前にバシュルク国とムラッカ国の言い分を教えてほしいぐらいである。

「おそらく、皇后陛下と仲よくなることが目的ですよ。情報というよりは、仲よくなればバシュルク国に味方してくれるかも……ぐらいの考えだと思います」

海成の言葉に、莉杏は眼を輝《かがや》かせる。

「本当ですか⁉　わたくし、バシュルク国の傭兵の方と仲よくできますか⁉」

「はい」

莉杏は、暁月《あかつき》の言葉を思い出す。

——いつかはバシュルク国の傭兵を雇《やと》ってみたいんだよな。

しかし、それはとても難しいことだ。バシュルク国の傭兵の報酬は高く、赤奏国が支払えるような値段ではない。そして、いつかお金がたくさん使えるようになったとしても、現段階ではバシュルク国との縁《えん》がまったくないため、頼んでも断られてしまうだろう。

（バシュルク国との縁……。きっと足をひねった傭兵を助けただけではつくれないはず）

莉杏は知り合った時点で縁ができたと思ってしまうのだけれど、政《まつりごと》の世界ではそう簡単にはいかないということも学んでいた。

（でも折角《せっかく》の機会だもの。傭兵の方と仲よくして、縁をたくさんつくりましょう！）

バシュルク国の最終目的は、莉杏の最終目的とは違うけれど、途中《とちゅう》の『仲よくする』というところは同じはずだ。

「海成、バシュルク国の傭兵の方と一緒にハヌバッリまで行きたいのですけれど、話し合いの前に片方の国と仲よくしすぎるのは駄目ですよね？」

話し合いが始まる前は、「どちらの国にも味方しますよ」という顔をしておかなければならない。

平等にするのであれば、バシュルク国の傭兵とムラッカ国の兵士を同じ人数だけ同行させるべきだろう。

「いいえ、本当にしっかり平等に扱う必要はないですよ。ムラッカ国になにか言われたら、間諜がついてきて大変だったと言ってしまえばいいですから。赤奏国はムラッカ国にも配《はい》慮《りょ》していたという証拠《しょうこ》さえあれば大丈夫です」

海成はいくつかの方法を思い浮かべているらしい。どれにしようかなと考えながら莉杏をちらりと見た。

「今回は、その証拠を残すために契約書《けいやくしょ》をつくりましょうか」

海成は少しだけ楽しそうにしている。

その表情は、なにかを計画しているときの暁月に、ちょっとだけ似ている気がした。


「ようこそいらっしゃいました！」

宿の主人は赤奏語《せきそうご》で莉杏《りあん》たちを歓迎《かんげい》してくれる。

莉杏は挨拶を海成《かいせい》に任せ、にこりと微笑んだ。

「皇后陛下、こちらへどうぞ」

女官たちが莉杏の周りに集まり、その集団を護衛の武官が取り囲んで警護してくれる。

一番大きくて一番眺《なが》めのいい部屋に入った莉杏は、ようやく一息つけた。

「碧玲《へきれい》、あの子たちはどうしていますか？」

「保護した少年は隣《となり》の隣の部屋に入ってもらいました。武官が傍《そば》についています。怪我はしていましたが、転んだだけという程度のものでした。バシュルク国の傭兵は二階に入れず、一階の食事場所で待機させています」

莉杏が碧玲から報告を聞いている間に、女官たちは手早く部屋の準備をしていく。

女官の一人は、宿の人によって用意された叉羅国《サーラこく》の茶を毒見してくれた。莉杏は早速、不思議な味の叉羅国の茶を楽しむ。

「皇后陛下、失礼いたします」

少ししてから、海成が部屋に入ってきて、小声で大事な報告をしてくれた。

「保護した少年に声をかけてみました。叉羅語を話せたので、叉羅語で名前や出身を聞いてみたのですが、なにも答えてくれません。どうしますか？」

優先順位をつけるのなら、まずはムラッカ国の王子かもしれない少年の話を聞いた方がいいだろう。

莉杏は、バシュルク国の傭兵にもう少しだけ待ってもらうことにする。

「保護したムラッカ国人の少年をここに連れてきてもらえますか？」

「承知いたしました」

海成はすぐに碧玲と女官に相談をし、彼をどうやって連れてくるかを決めた。

「皇后陛下、別の荷物をここに運びこみますね」

女官はそう言って微笑んだあと、荷運びを手伝ってくださいと武官に声をかけにいく。

すると、すぐに大きな衣装箱が莉杏の部屋の中に運びこまれた。

莉杏の斜《なな》め前に立った碧玲が黙《だま》って頷けば、衣装箱を運んできた武官はそっとふたを開ける。

箱の中にいた十三歳ぐらいの少年がおそるおそる立ち上がり、箱から出てきた。

彼はうつむきながらも周りをきょろきょろ見て警戒する。右手で胸の辺りをぎゅっと掴《つか》んでいた。

「……」

「窮屈《きゅうくつ》な思いをさせて申し訳ありません」

莉杏は敵意をもっていないことを示すために、できるだけ穏《おだ》やかな声を出す。

少年の身体は、莉杏の声を聞くなりびくりと跳《は》ねた。

「わたくしは赤奏国《せきそうこく》の皇后です。貴方のお名前は？」

莉杏の問いかけに、少年は不安そうに周りの大人の顔を見る。

その仕草はまるで「二人きりにしてほしい」と言っているかのようだ。

（わたくしはそれでもいいけれど……。あ、碧玲の眼が絶対に駄目だと言っているわ）

少年の正体がはっきりしていて、信頼《しんらい》できると判断できる相手ならば、碧玲も莉杏の望み通りにしてくれただろう。しかし、今は少年についてなにもわかっていない。碧玲の言う通りにすべきだ。

「海成と碧玲だけ残ってください」

譲歩《じょうほ》した莉杏に、少年はなにを思っただろうか。

女官たちが出ていったあと、莉杏は改めて問いかけた。

「貴方はムラッカ国のヒズール王子ですか？」

まず莉杏は、「違う」と言いやすい質問をしてみる。

少年は莉杏の予想通りに、ぱっとくちを開いた。

「違います……！」

「あら、手の甲の紋様からそうだとばかり……。では、カシラム王子ですか？」

嘘が上手い人なら、同じ口調で「違います……！」とすぐに言えるだろう。

しかし、少年は返事を少しだけためらってしまった。それからようやく否定の言葉を放つ。

「……違います」

「まぁ、そうなんですね。カシラム王子は一年前、ようやくムラッカ国に帰ることができたと聞きました。色々大変だったでしょう。従者の方々はどちらに？」

莉杏は、少年がカシラム王子だという前提で話を進めていく。

少年はそれでもカシラム王子ではないというふりを続けた。

「僕は王子ではありません」

ここが赤奏国なら、しばらく少年の様子を見ることもできるだろう。けれども、なにをするかわからない少年を、異国の王宮に連れていくことはできない。

（せめてどこの誰なのかはっきりしていたら、事情を聞いて、武官と共にここで待ってもらうということもできるけれど……）

莉杏は、海成にどうしましょうかと助けを求める。

すると海成は「あとはお任せください」と頷いた。

「困りましたね。我々は、ムラッカ国のカシラム王子殿下が襲われていると思ったから助けたのですが……」

海成は困っていない表情でわざとらしいため息をつく。

「皇后陛下。街の警備隊を呼んできます。ムラッカ国の使節団の荷を盗んだ少年を見つけて捕まえたと言えば、すぐにヒズール王子殿下に連絡してくれるでしょう。盗まれたのは宝石だそうです。国宝だったら大変ですからね」

「……⁉」

海成が碧玲に目配せをすると、碧玲は大きく頷いた。

少年は逃《に》げた方がいいかもしれないと焦《あせ》り出す。

「おい、誰か……」

碧玲が武官を呼ぶために外へ声をかけると、少年はついに自分の正体を明かした。

「どうかやめてください！　おっしゃる通り、僕はムラッカ国の第九王子カシラム・シーカンリークです……！」

保護した少年——……カシラムは、左手で右手の甲をぎゅっと押さえる。

黙ったままでは保護してもらえないことがわかったため、しかたなく事情説明を始めた。

「初めまして、カシラム王子。なにがあったのか、わたくしに教えてもらえますか？」

莉杏がお座りくださいと椅子《いす》を勧《すす》めれば、カシラムはためらいつつも座った。

「……僕は、ムラッカ国の使節団の責任者であるヒズール兄上と共にサーラ国にきました。僕は万が一のときの兄上の代役です」

どうしてヒズール王子ではない別の王子が叉羅国にいるのか。

その答えはあっさり手に入れることができた。

（赤奏国の責任者はわたくしだけれど、わたくしが途中で病気になったら、礼部《れいぶ》尚書補佐の海成が代理をしてくれることになっている……）

暁月《あかつき》も万が一のときの代役を皇族から用意したかったのだろうけれど、信頼できる皇族があまりにも少なくて諦めていた。これは今後の課題だとも言っていた。

「貴方はヒズール王子の近衛兵に襲われていましたが、理由はわかりますか？」

莉杏の問いに、カシラムはさらりと答える。

「王位継承《けいしょうけん》権争いです。ヒズール兄上は僕を殺したかったんでしょう」

カシラムはよくあることだという顔をしている。

莉杏は驚き――……そして納得《なっとく》した。

（赤奏国もつい最近まで同じことをしていたわ）

晩月は異母兄《いぼけい》の堯佑《ぎょうゆう》と戦ったことがある。堯佑の起こした内乱は無事に収めることができたけれど、晩月を狙う異母兄弟《きょうだい》は他にもまだいるかもしれない。

「事情はわかりました。……では、カシラム王子はこれからどうするおつもりですか？自分の後見人と連絡を取りたいですか？　それともこのまま国外脱出《だっしゅつ》したいですか？」

「…………」

カシラムは今、重大な決断を迫《せま》られている。

国に戻ったら殺されるかもしれない。

けれども、国外脱出したら、王子という身分を捨てることになる。

「皇后陛下、発言をお許しください」

海成が重たい沈黙《ちんもく》を破り、くちを開いた。

「カシラム王子殿下はまだ幼いです。考える時間も必要でしょう。お心を決めるまではこのまま匿う……というのはどうでしょうか」

「そうですね。とても大事なことですから、すぐに決めない方がいいとわたくしも思います」

莉杏は海成の提案に賛成した。

カシラムはなにかを言おうとしたようだけれど諦め、代わりに拳《こぶし》をきつく握《にぎ》る。

「すみません……」

「すべてはその怪我を治してからにしましょうね。窮屈だとは思いますが、武官の指示に従い、誰にも見られないようにしてください」

「はい。お世話になります」

カシラムには再び衣装箱に入ってもらう。碧玲が廊下にいる武官を呼び、衣装箱を隣の隣の部屋に運んでもらった。

扉が静かに閉まると、海成は厳しい顔を窓に向ける。

「……皇后陛下、カシラム王子殿下の話はある程度なら信用できると思います。ですが、ヒズール王子殿下の話も聞いてみましょう。カシラム王子殿下は幼いです。本人も知らない事情があるかもしれません」

「はい。あとのことは海成にお任せします」

莉杏は、カシラムが国外脱出を求めてきたときのことを考える。

ムラッカ国の隣国《りんごく》——……赤奏国、叉羅国、白楼国《はくろうこく》、シル・キタン国にいるのは危険だろう。だとすると、港敲国《こうこうこく》や采青国《さいせいこく》、黒槐国《こくかいこく》、もしくはラーナシュに頼んでもっと西側の国に逃がすのもいいかもしれない。

「これからムラッカ国で内乱が起きるのでしょうか」

隣国であるムラッカ国の情勢が不安だと、赤奏国は様々な対応をしなければならない。

莉杏はこの先のことを心配したけれど、海成は肩《かた》をすくめた。

「実際にムラッカ国に行ったことはありませんが、俺が知っている限りでは、ムラッカ国の王族はいつもあんな感じですね」

「あんな感じ……なのですか？　王位継承権争いをいつもしている……？」

「はい。ムラッカ国の土地は乾《かわ》いています。雨もあまり降らないし、大河もない。だから戦うことでよりよい土地を増やすしかない。戦わなければならない国は、強い王を求めます。強い王とは、王子同士の争いに勝った王のことですね。王も民《たみ》も、王子同士の争いを黙認《もくにん》しているんですよ」

皇太子の決め方に、『最初に生まれた皇子《おうじ》』や『正妃《せいひ》が産んだ最初の皇子』というはっきりとした規定がない限り、どの国も皇太子争いをしているだろう。

しかし、よほどのことがない限りは、あくまでも皇太子争いは見えない形で行われているものだと莉杏は思っていた。

「ムラッカ国は厳しい国なんですね……」

戦争に勝つことで土地を増やしていくしかなく、外に『敵』をつくることで国を一つにしていくしかない。

(でも、王族の『敵』は内側にもいた。王子たちはいつも気が休まらない……)

莉杏がカシラムの状況を気の毒に思っていたら、海成がふっと表情を緩める。

「皇后陛下のそのお心の広さは、本当に素晴《すば》らしいです」

突然《とつぜん》褒《ほ》められた莉杏は、首をかしげてしまう。厳しい国という莉杏の発言は、普通《ふつう》の人なら普通に抱いてしまう感想だろう。

「碧玲殿。俺の話を聞いたあと、ムラッカ国に対してどう思いました？」

海成の視線の先にいた碧玲は、ため息をついた。

「野蛮《やばん》な国だと思いました」

「……だそうです。俺も友人同士でムラッカ国の話になったら、『うわぁ、怖《こわ》っ』と言うでしょう。ムラッカ国を否定するような感情をそこにこめます。どうしても自分の国を基準にして考えますからね」

海成は碧玲を見て、我々の反応が普通なんですよと言う。

「ですが、皇后陛下は厳しい国だと思うだけで終わりました。外交というのは、それが大事なんです。否定する気持ちというのは、どうしても言葉と動きに表れます。その時点で、相手を尊重できていないんですよ」

「否定する気持ちは表に出てくる……」

「ムラッカ国にも、自分の国のやり方に疑問をもっている人は絶対にいます。ですが、部外者にそれを指摘《してき》されると、どうしても苛立《いらだ》ちますからね」

楽しい会話をするためには、相手を楽しくさせることばかりを考えるのではなく、相手が嫌《いや》がる会話を避《さ》けるという気配りも必要だ。

今回の莉杏は、偶然《ぐうぜん》にもそれができていたのだろう。次回からは意識してできるようにしていかなければならない。

(わたくしにできるかしら……！)

莉杏は仲介の仕事にずっとどきどきしていたけれど、もっとどきどきしてきた。

「では、次はバシュルク国の傭兵の話を聞きましょうか」

海成が下に待たせている傭兵のことをくちにしたので、莉杏は心の中で「あっ」と言ってしまう。

カシラムと話しているうちに、バシュルク国の傭兵のことをうっかり忘れてしまっていた。

諜報活動をしている傭兵を皇后の部屋に招くのは危険だということで、莉杏とバシュルク国の傭兵は食堂で話をすることになった。

今日は宿を貸し切っているので、他の客の迷惑《めいわく》になることもない。

「初めまして、イル・オズトと申します。このたびはご迷惑をおかけして本当にすみませんでした……！」

碧玲から莉杏を紹介されるなり叉羅語で謝罪をしながら頭を下げてきたのは、十代前半の小柄《こがら》な少女だ。

莉杏は、『バシュルク国の子どもで傭兵』は勝手に男の子だと思っていたので、とてもびっくりしてしまった。

（バシュルク国は赤奏国と同じように、女性も戦う仕事に就《つ》いていることを聞いていたのに……！）

莉杏は動揺しつつも、皇后らしい笑顔をつくる。

「怪我をしたと聞きました。足は動かせそうですか？」

「はい！　痛みはありますが、歩けないというわけではありません」

「それはよかったです」

イルは叱《しか》られるかもしれないと緊張《きんちょう》していたのだろう。莉杏の友好的な態度にわかりやすくほっとしていた。

「イルはバシュルク国の使節団の一員ですか？　それとも個人的な旅行で叉羅国に？」

莉杏はいよいよ本題に入る。

イルがなにかの目的をもってここにいるのなら、おそらく本当のことは言ってくれないだろう。

「私はバシュルク国の使節団の一人です。『首都に着いたら大きな街道を確認し、いざというときに備えるように』と命じられました」

こうもはっきり「なにかあったときの逃げ道を確認していた」と言われてしまえば、莉杏たちはそうですかとしか言えない。

「では、目的を果たして首都に戻る最中だったのですね。バシュルク国の使節団はもうハヌバッリに到着したのですか？」

「はい。バシュルク国はまだ雪が降っていますので、足止めされることを想定して、早めに出発しました」

イルによる事情説明はこのぐらいで充分だろう、と莉杏は判断する。

自分では海成のように、イルのわずかな表情の違いや言葉から真実を察することはできない。

「実はイルに頼みがあるのですが……」

莉杏は海成をちらりと見る。海成はうやうやしく巻物を二つもってきた。

「わたくしはこれから、バシュルク国とムラッカ国の話し合いの仲介をすることになっています。その前にバシュルク国の傭兵の方と出会ってしまうのは、偶然であっても、ムラッカ国にとってあまり歓迎できない事態です。このことは理解してもらえますか？」

「あ……はい！」

莉杏とイルが共にいるところをムラッカ国に見られてしまったら、ムラッカ国が『非当事国であるはずの赤奏国がバシュルク国の味方をしている』と騒《さわ》ぎ出す可能性は充分にある。

そうなったら、仲介してもらう国を変えようということになるかもしれないし、話し合いは延期になるだろう。

「今日のことが問題にならないよう、わたくしとイルの間で契約書を交わしたいと思っています」

「それは……私と赤奏国の使節団が出会わなかったことにする、という契約ですか？」

イルの確認に、莉杏は首を横に振った。

「それではこの契約書が出てきたときに、逆に問題になります。これはいざというときにムラッカ国へ見せるための契約書です」

莉杏は契約書の文字を指でなぞった。

「叉羅語は読めますか？」

「ええっと、少しなら……」

「海成、バシュルク語で書かれた契約書を渡してあげてください」

「はい。こちらです」

イルのためのバシュルク語の契約書には、『イル・オズトは怪我の手当てをしてもらった礼として、首都ハヌバッリに着くまで赤奏国の皇后の護衛をする。双方、契約中に得た情報は外部に漏《も》らさない』という内容が書かれていた。

「これはあくまでもイルとわたくしとの間の個人同士での契約です。ムラッカ国に指摘されたら、問題になることは一切《いっさい》していないと主張できるでしょう」

「私と……赤奏国の皇后陛下との契約……」

イルは契約書を見て黙りこむ。しばらくしたあと、ゆっくりくちを開いた。

「申し訳ありません。私はバシュルク国の傭兵で、仕事を引き受けるかどうかは自分で決められません。軍事顧問官《こもんかん》の許可が必要となります」

イルに断られることはわかっていた。だから海成は、断られたあとにどうしたらいいのかを莉杏に教えてくれている。

「これはイル・オズトとわたくしの間の個人の契約です。傭兵のイルとの契約ではありませんよ。イルのお仕事の邪魔《じゃま》をする気はありません。……ですが、それでもどうしても契約できないとなると、イルには数日間ここに滞在《たいざい》してもらい、わたくしたちと完全に別行動してもらうことになります」

イルは莉杏からの新たな提案『完全に別行動する』を聞いて再び悩み出した。

莉杏からの個人同士での契約の提案を拒否《きょひ》したら、上手くいっていた諜報活動が無駄《むだ》になる。しかし、上の許可をもらわずに勝手なことをしたら、個人間の話でも問題になってしまうだろう。

莉杏は、イルがどうして悩んでいるのかをわかっていたので、「契約する」と言えるよ

うなあと押しをした。

「イル、あとできちんとバシュルク国の軍事顧問官とお話をします。貴女《あなた》が叱られるようなことにはしません」

莉杏が大丈夫だと微笑めば、イルはついに覚悟《かくご》を決めたようだ。契約書を手に取り、文面にしっかり眼を通す。そして顔を上げた。

「わかりました。契約します」

「ありがとう、助かります」

イルがバシュルク語の契約書に『イル・オズト』という署名をする。

莉杏もまた、その契約書に自分の名前を書いた。

(陛下、やりました！『縁をつくるきっかけ』を手に入れました！)

現段階では、『縁』ではなく『縁をつくるきっかけ』でしかない。

しかし、このきっかけを利用することで、首都に着いたらバシュルク国の責任者に話をしたいと言い出せるようになる。そのあと莉杏は、二つの国を手のひらへのせる悪女になるという作戦へ移るつもりだ。

莉杏はバシュルク国の責任者に、「ムラッカ国から公平ではないという苦情がきたら困るので、バシュルク国の傭兵と共に行動するための言い訳となる契約書をつくりました。けれども、それでもムラッカ国に公平ではないと言われた場合は、イルと一緒にいた日数と同じだけムラッカ国の人と行動を共にします」と言うつもりである。

バシュルク国は、莉杏を味方につけようと思ってイルを近よらせた。ムラッカ国に同じことをされたくないはずだ。

（きっとバシュルク国は、わたくしにそうしないでくれと頼んでくる）

そのときに、莉杏は条件つきでその頼みに頷くつもりである。

バシュルク国の人たちが、どのような条件ならば頷いてくれるのか、それはまだわからない。莉杏はできればこのことをきっかけにして、バシュルク国との縁をつくりたいと思っていた。

（上手くいったら陛下に褒《ほ》めてもらえるわ……！）

莉杏は嬉しくなる。けれども、イルとの話はまだ終わっていないことを思い出し、慌てて気を引きしめた。

「イル、ここからはわたくしがイルへ個人的に聞いてみたいことなので、もしお仕事の都合で問題があるのなら答えなくても大丈夫ですよ」

莉杏は、お茶とお菓子《かし》をどうぞとイルに勧《すす》めてみる。

イルは緊張しているようで、ありがとうございますと言いつつも、手をつけようとはしなかった。

「イルは何歳ですか？」

「十四歳です」

「傭兵になったばかりですか？　それとも長く続けているのですか？」

「それは……お答えできません」

「お仕事は楽しいですか？」

「はい！」

莉杏の質問に、イルは答えたり答えなかったりする。

「夢はありますか？　恋人《こいびと》がほしいとか……、あ！　もういるのなら、結婚《けっこん》したいとか。外の国で遊んでみたいとか」

「夢……」

イルは少し考えたあと、なにかを懐かしむような表情になった。

「友だちに……、また会いたいです。祖国に帰ってしまった友だちがいるんです。きっとあの子なら元気にやっているんですけれど、いつか、また」

「素敵《すてき》な夢です！　また会えるといいですね！」

バシュルク国の傭兵のイルではなく、イル・オズト個人と話をする方が、イルという人間の形がはっきりしてくる。

勿論《もちろん》、イルは赤奏国の皇后にすべて本当のことを話してくれるわけではないけれど、それでもイルが友だち思いの少女であることは伝わってきた。

「折角の出会いですから、ハヌバッリまでバシュルク国のお話やイルのお話をもっと聞かせてください」

「はい！」

「イルの分の部屋をこの宿に用意させます。少し待っていてくださいね」

莉杏は「よろしく頼みます」と控《ひか》えていた武官にイルのことを頼み、食堂を出て二階に向かう。

皇后の部屋に入って扉を閉めると、海成が話しかけてきた。

「皇后陛下、先ほどはお見事でしたね」

海成に褒めてもらえた莉杏は、契約書をぎゅっと抱《だ》きしめる。

「はい！　バシュルク国との縁を結ぶきっかけをつくれました！」

そして莉杏は「海成の作戦が大成功です！」と大喜びした。

「きっかけづくりがあっさり成功して本当によかったです。……バシュルク国の読みは思ったより甘いのかもしれませんね。十三歳の皇后陛下に合わせて十四歳の少女を送りこんだのでしょうけれど、普通の十四歳の判断力なんて大したことはありません」

経験豊富な傭兵なら、個人と個人の契約だとしても、絶対に契約を拒否するだろう。

もしくは、形に残らない別の方法にしてほしいとか、ムラッカ国に問題にされてから契約書をつくってほしいとか、他の方法をとっさに提案することもできたはずだ。

「それにしても……、バシュルク国がうらやましいです。順調な旅だったなんて」

海成のげんなりした声に、莉杏はこの状況を改めて確認してみた。

——ムラッカ国のカシラム王子を助け、匿っている。

——バシュルク国の間諜と思われる少女傭兵を同行させることになった。

予定外のことが二つも起きていて、その二つの出来事はとても大きくて重要だ。

「ムラッカ国の王子とバシュルク国の傭兵……。この二人と共に行くことが正しいのか正しくないのかという問題の答えは、あとにならないとわからないでしょうね」

海成が不安をにじませていたので、莉杏は笑顔を向ける。

「でしたら、二人と一緒に行ってよかったと言えるような答えを、これからがんばってつくりましょう！」

莉杏の前向きな発言に、海成は穏やかに笑ってその通りですと答えた。

二問目

翌朝、カシラムには荷物用の馬車へ武官《ぶかん》と乗ってもらうことにした。いざというときは、空の衣装箱《いしょうばこ》に入ってもらうことにもなっている。

イルは武官の馬のうしろへ乗ってもらうことにした。足をひねっているので、一人で馬に乗せない方がいいだろう。

「それでは出発します」

街の人たちは、赤奏国《せきそうこく》の皇后《こうごう》一行という珍しい存在を見るために集まってきている。

莉杏《りあん》は女官《にょかん》たちに囲まれながら皇后用の馬車に乗った。窓から外を見たかったけれど、我慢《がまん》する。

「皇后陛下《へいか》、俺が代わりに見ておきますよ」

「海成《かいせい》……！　ありがとうございます！」

莉杏のうずうずしている気持ちを察した海成が、集まってきた人たちの様子を代わりに見て、教えてくれた。

「叉羅国《サーラこく》の人は異国人を好まないと言われていますが、お祭《まつ》り騒《さわ》ぎは好きなんでしょうねえ。それはそれ、これはこれなのかもしれません」

見物客目当ての楽団がやってきて音楽を鳴らし始めれば、踊《おど》り子《こ》が軽快《けいかい》に舞う。物売りも集まってくる。

賑《にぎ》やかな見送りになっていることを、海成は丁寧に解説していった。

「逞《たくま》しい国ですね」

海成が外を見ながら苦笑すると、莉杏は笑顔で同意する。

「はい！　素敵《すてき》ですね！」

ごとんという振動《しんどう》のあと、馬車がゆっくり動き出した。賑やかな街を出て、街道《かいどう》を順調に走っていく。

（次の街でもこんな風に受け入れてもらえますように）

莉杏は心の中で朱雀神獣《すざくしんじゅう》に祈る。

つい最近まで、叉羅国はムラッカ国と戦争をしていた。

この戦争の決着は既《すで》についているけれど、負けた側である叉羅国の民《たみ》の心の決着はまだついていないだろう。異国人を警戒する気持ちは強くなっているはずだ。

（それでも叉羅国がバシュルク国とムラッカ国に会談場所を提供したのは、バシュルク国との縁《えん》をつくるためであり、ムラッカ国へ恩を売るためでもある……）

様々な思惑《おもわく》がこの会談に潜《ひそ》んでいる。莉杏もまた、赤奏国の思惑というものをもちこんでいた。

――この会談の最中に、なにかが起こってもおかしくはない。

暁月《あかつき》は莉杏に気をつけろと言ってくれた。

そして――……やはり『なにか』は起こってしまったのだ。

「赤奏国の皇后陛下！　私はラーナシュ司祭さまの従者マレムです！　申し上げたいことがございます！」

皇后の馬車を止めることになったのは、これで三度目である。

しかし、今回は見知らぬ誰《だれ》かが飛び出してきたのではなく、莉杏たちも知っている人が前方から現れた。

マレムの焦《あせ》った様子から、急ぎの知らせであることがわかる。

「碧玲《へきれい》、マレムをわたくしの馬車の横に」

「わかりました」

碧玲が外の武官に指示を出すと、マレムが馬車の扉《とびら》の前にやってきた。

莉杏は碧玲に扉を開けてもらうつもりだったけれど、マレムがそれを止める。

「どうかこのままで！　そしてすぐに赤奏国へお戻《もど》りください！」

皇后である莉杏は、公《おおやけ》の場ではそれなりの身分の者以外と直接言葉を交《か》わしてはいけない。

けれども今は、そんなことを言っている場合ではないだろう。

「ラーナシュになにかあったのですか？」

「いいえ、ラーナシュさまはお元気でございます。しかし、タッリム国王陛下のご息女《そくじょ》であるルディーナ王女殿下《でんか》が誘拐《ゆうかい》されてしまったのです！　誘拐事件は異国人のせいで起きたと言い出した者がいまして、バシュルク国の使節団とムラッカ国の使節団が襲《おそ》われそうになりました！」

どうやら首都は大変な状況《じょうきょう》になっているらしい。到着《とうちゃく》前にその話を聞くことができたのは、不幸中の幸いなのかもしれない。

「ルディーナ王女を誘拐したのは誰ですか？」

犯人が捕《つか》まれば……と莉杏は考えたのだけれど、マレムは申し訳ないという顔をした。

「犯人についてはなにもわかっておりません。そのせいで、余計に異国人へ怒《いか》りをぶつけようとする者がいまして……。ラーナシュさまは今、使節団の皆《みな》さまを宮殿から脱出《だっしゅつ》させようとしている最中です」

叉羅国の人々は異国人を好まない。そのことは莉杏も知っていたけれど、証拠《しょうこ》もなしに国王の客人が襲われてしまうほどだとは思っていなかった。

「ルディーナ王女殿下が無事に見つかれば、この騒ぎも落ち着くはずです。ラーナシュさまは、使節団の皆さまには後日改めて謝罪をし、別の会談場所を用意するとおっしゃっていました。ご迷惑《めいわく》をおかけして本当にすみません……！」

マレムが頭を下げ、謝罪をしてくる。

「わかりました。わたくしたちは赤奏国に帰ります。騒ぎになっているのは首都ハヌバッリだけでしょうか？」

「今は首都とその周辺だけですが、この辺りもいつなにが起こるかわかりません」

首都の状態は気になるけれど、今は首都の情報を集めるよりも、できるだけ首都から離《はな》れた方がいいだろう。

「碧玲、すぐに赤奏国へ帰る準備をしてください」

「承知いたしました」

碧玲は馬車を降り、警護責任者である武官の翠進勇《すいしんゆう》へ声をかけに行く。

この時点では、急げば問題なく帰国できるだろうと誰もが思っていた。けれども、騒動《そうどう》はすぐそこまで迫《せま》っていた。

「煙《けむり》だ！　まずいぞ！」

武官の誰かが叫べば、全員が慌てて前方の空を見る。

マレムはくちを大きく開けたあと、焦った声を出した。

「おそらく近くの街で暴動が起きたのでしょう！　どうかお急ぎください！」

「……この距離《きょり》なら、馬があればこの馬車に追いつけますね」

次の街までの距離と馬の速さの計算をした海成が、早めに大きな決断をした。

「皇后陛下の御身《おんみ》が最優先です。逃《に》げることを目的にするのなら、馬車よりも馬に乗ってもらった方が速い。まずは陛下に緊急《きんきゅう》事態が発生したことを知らせる早馬を飛ばしましょう。それから、皇后陛下だけ先に行かせるべきです。我々は皇后陛下の身代わりをつくり、馬車で追いかけながら帰国しましょう」

いざというときの計画はいくつもある。

今はとにかく速く逃げなければならないときだ。

この場合は、莉杏は町娘《まちむすめ》の服を着て、碧玲と共に逃げることになっていた。そして、華奢《きゃしゃ》な女官が皇后の衣装を身につけ、莉杏の代わりに皇后の馬車へ乗るのだ。

「海成、カシラム王子とイルにとっての一番安全な選択はどれでしょうか？」

莉杏と行動させるか、海成たちと一緒《いっしょ》にいるか、それともここで自由にさせるか。

(どちらか一人だったら、わたくしと同行した方が安全だろうけれど……)

イルにカシラム王子がいることを気づかれるわけにはいかない。二人は別行動させた方がいいのかもしれない。

「安全を最優先するのであれば、馬に乗れるのならどちらも馬に乗せ、皇后陛下に同行させた方がいいでしょう。ここで見捨てるとあとで問題になるかもしれません。カシラム王子殿下には顔を隠《かく》してもらい、赤奏国の使節団の一人というふりをしてもらうしかないですね」

「わかりました。カシラム王子には双秋《そうしゅう》をつけましょう」

　莉杏は女官の馬車に乗り、皇后の衣装を脱《ぬ》いで町娘の服を着る。

　その間に、武官たちが馬の用意をしてくれた。碧玲はすぐ馬に乗り、他の武官が莉杏を碧玲のうしろに乗せてくれる。

「皇后陛下、お二人とも馬に乗れるそうです」

「先にカシラム王子を連れてきてください。あと双秋も」

　すぐに武官がカシラムと双秋を連れてくる。

　カシラムは身元を隠すために赤奏国風の袖《そで》の長い衣装を着せられていて、薄布《うすぬの》を頭にかぶって顔も隠していた。

「カシラム王子、話は聞きましたか？」

「はい」

　莉杏の問いかけに、カシラムは緊張《きんちょう》しつつも頷《うなず》く。

「彼は武官の功《こう》双秋です。貴方《あなた》はその弟で、声が出せません。普段《ふだん》は茘枝城《れいしじょう》で下働きをしています。これから、バシュルク国の傭兵《ようへい》の方と行動を共にしますから、この設定を忘れないようにしてください」

「わかりました」

　莉杏はカシラムに設定を急いで説明する。

そして次はイルを呼んだ。

「イル、話は聞きましたか？　足は大丈夫そうですか？」

「はい！　私は契約《けいやく》した通り、皇后陛下を護衛したらいいんですよね？　足は問題ありません。一人で馬に乗れます」

莉杏はイルの確認《かくにん》に頷いたあと、少しだけ説明を追加した。

「いざというときは別行動してもかまいません。自分の身の安全を優先してください」

「わかりました」

簡単な打ち合わせをすませたあと、莉杏はイルにカシラムを紹介する。

「イル、この子は武官の双秋の弟で、声が出せません。耳は聞こえていますので、この子と会話をしたいときは身振《みぶ》り手振《てぶ》りをよく見てあげてください」

「了解《りょうかい》です。よろしくね」

イルがカシラムに挨拶《あいさつ》をすると、カシラムは軽く頭を下げる。

必要な荷を馬の背にくくりつけたら、いよいよ出発だ。

莉杏は碧玲の腰《こし》に手を回し、碧玲の動きの邪魔《じゃま》をしないよう気をつけた。

（カシラム王子は……大丈夫《だいじょうぶ》みたい）

双秋のうしろに乗せられたカシラムは、馬に乗り慣れているらしく、ときどき後ろや左右を見てくれていた。

（イルも問題なさそうね）

傭兵のイルもまた、このような危険な状況に慣れているのだろう。

初めて乗る馬でもしっかり操《あやつ》り、そして周囲の警戒《けいかい》も怠《おこた》っていなかった。

（今日は野営になるかもしれない。叉羅国が暖かい国でよかった）

朝晩はぐっと冷えるけれど、凍死《とうし》するというような寒さではない。

莉杏は、全員が無事に赤奏国へ戻れますように……と必死に祈《いの》った。

「一旦《いったん》この辺りで休みましょう」

陽が傾《かたむ》き始めたころ、双秋が碧玲に合図を送り、馬の速度を落としてほしいと頼んだ。

目の前には小さな街がある。今なら閉門に間に合うだろう。

「皇后陛下と碧玲殿《どの》とイルは門の近くで待機《たいき》していてください。まず俺と弟で街に入ってみます。大丈夫そうだったらこの街の宿に泊まりましょう。無理そうならもう少し先で野営を……」

双秋が周りを警戒しつつ今夜の予定について話していると、イルがはっとしたあとに慌《あわ》てて馬を降り、地面に耳をつける。

「馬の足音！　かなり急いでいる。三、四……もっと多い！」

この街道を走り慣れている者なら、足の速い馬があれば、先に出発したこちらの馬に追いつくこともできるだろう。

双秋は迷いつつも、一番の安全策を選んだ。

「皇后陛下たちは街道をこのまま進んでください。俺は残ります。馬で駆けつけてくる者たちの姿を確認してから、皇后陛下を追いかけるか、街に隠れるか、それとも別の道を行くかを決めます」

「……いや、私が残る！」

碧玲は馬からぱっと降り、莉杏を乗せている馬の手綱《たづな》を双秋に差し出す。

「貴女《あなた》は皇后陛下の護衛ですよ。傍《そば》を離れるべきではありませんって」

「今は緊急事態だ。もう関所が封鎖《ふうさ》されているかもしれない。お前ならその軽いくちでどうにか門兵を言いくるめることができるかもしれないし、賄賂《わいろ》を上手《うま》く渡《わた》せるかもしれないだろう。皇后陛下を無事に帰国させるためには、お前の力が絶対に必要だ」

今は適材適所しか許されない場面だ。

碧玲の武官としての冷静な判断に、双秋は従うことにした。

「……わかりました。絶対に無理はしないでくださいよ」

双秋は手綱を受け取り、馬にひょいと乗る。

「イル、悪いけれど俺の弟をうしろに乗せてやってくれ。弟も馬に乗れるから、疲《つか》れたら交代してもいい」

「うん。任せて」

カシラムは双秋の馬から降り、今度はイルの馬のうしろに乗る。

碧玲は双秋の馬を連れ、身を隠す場所を探し始めた。

（どうか無事に碧玲と再会できますように……！）

双秋と莉杏、イルとカシラム、二頭の馬が走り出す。

この日は、日没《にちぼつ》寸前まで馬を全力で走らせたけれど、次の街の閉門には間に合わなかった。

「ここで一泊《いっぱく》ですね」

街の門のすぐ横ならば、比較的《ひかくてき》安全な場所だ。

同じように閉門に間に合わなかった旅人がきても、灯《あか》りがないので顔を見られることもないだろう。

この先は、いつなにがあるのかわからない。今夜はしっかり食事をし、しっかり休憩《きゅうけい》すべきだ。

「皇后陛下、明日の関所越《ご》えですが……」

双秋は赤奏国で発行された旅券を見せながら、莉杏に小声で話しかけてくる。

こういうときのために、名前や年齢《ねんれい》を空欄《くうらん》にした正規の旅券を武官は用意している。

イルとカシラムの分の旅券をつくるために、双秋は筆をもちながらう〜んとうなった。

「どういう設定でいきますか？　俺と皇后陛下は似ていないので兄妹《きょうだい》と言い張るのも難

しいですし、異国の子どもが二人もいます。どういう組み合わせでどういう目的の旅なのか、なにかそれらしいものをつくらないと怪《あや》しまれると思うんですよねぇ」

　碧玲がいれば、双秋とカシラムは金もちの息子《むすこ》とその従者だと言えるだろうし、莉杏と碧玲は姉妹《しまい》で家族のところへ行く旅をしていたと言えるし、イルは頼《たの》まれた仕事を果たすために一人で街道を通っているところだと言い張れただろう。

（カシラム王子とイルの顔を隠して……ううん、関所を通るときは顔を見せろと言われてしまうわよね。ルディーナ王女が誘拐されたのなら、変装させられている可能性も考えるでしょうし）

　成人男性一人と、三人の子ども。そして国籍《こくせき》がばらばら。

　これらの四人が一緒に旅する理由はなんだろうか。

（ええっと、冒険《ぼうけん》物語で似たような場面があったはず）

　莉杏は、子どもが主人公になっている物語もいくつか読んでいる。その中で、数人の子どもと一緒に移動している大人がいて……。

　——これだ！　と莉杏は眼《め》を輝《かがや》かせた。

「双秋！　人攫《ひとさら》いになってください！」

　莉杏は名案だと思ったのだけれど、双秋は莉杏の言っている意味がわからなくて首をかしげてしまった。

翌日、莉杏《りあん》たちは街道を急いで進む。

昼前ぐらいに、関所がいよいよ現れた。

関所の警戒はやはり厳しそうだ。王女の誘拐事件がもう伝わっていたのか、子どもが入れそうな大きさの荷物はすべて確認されている。

「次！　旅券と荷物を見せろ！」

関所の兵士に呼び止められた双秋《そうしゅう》は、馬上の荷物を開けて中身を見せる。

莉杏たちの荷物の中に、勿論《もちろん》王女はいない。どれもこれも旅に必要なものばかりだ。

「赤奏国《せきそうこく》に行くのか？」

「はい。俺は妓楼《ぎろう》の仮母《おかみ》と取引をしている商人です。赤奏国に新しい皇帝《こうてい》が即位《そくい》した途端《とたん》、人の売り買いが禁止されて、それでわざわざ遠くまで……」

双秋はへらへら笑いながら、遠回しに『人買い』であることを伝えた。

莉杏たちはわざとらしく身を寄せ合い、不安そうな仕草をしてみせる。

（双秋は、妓楼に売るための子どもを叉羅国《サーラこく》まで買いにきた『商人』。わたくしたちはあちこちで買われて、今から赤奏国に連れていかれる。これなら双秋が異国人の子どもたち

と旅をしていても不思議ではないわ）

莉杏は冒険物語に出てきた人買い商人のことしか知らない。

しかし、双秋はこういうときにとても頼《たよ》りになる人で、莉杏が考えた設定を面白《おもしろ》がってくれ、お任せくださいとも言ってくれた。

「人買い商人か……。おい、どこかの市場で、黒髪《くろかみ》の十二歳ぐらいの金をもっていそうな少女が売られていなかったか？」

「黒髪のお嬢《じょう》さんは何人か見ましたけれど、金をもっていそうな子は見かけませんでしたねぇ。俺は愛人候補の斡旋《あっせん》はしていないので、そういう市場には行かないんですよね。妓楼に売りたいのなら、金もちだったお嬢さんは使い勝手が悪いんですよ。厳しくするとすぐ泣くので、あとで仮母に文句を言われてしまうんです」

双秋は人買い商人らしいことをぺらぺらとくちにしていく。知らないことも知っているかのように話せるこの才能は見事だ。

（碧玲《へきれい》！　貴女の判断は正しかったです！）

あのとき、双秋を残そうと言ってくれた碧玲に莉杏は感謝する。

そして、どうか早く碧玲と合流できますように、と願った。

「黒髪の十二歳ぐらいの金をもっていそうな少女を見かけたらすぐに通報しろよ」

「わかりました〜」

正式な旅券があり、売りものにされる子どもたちがいる。人が入れるような荷物はない。

関所の兵士は、双秋を通しても問題はないと判断した。

しかし……。

「おい、ちょっと待て。異国人は旅券があっても通すなという通達があった」

「ネイエド隊長！」

莉杏と双秋はどきっとしてしまった。そこまで警備が厳しくなっているのであれば、関所越えがとても難しくなってしまう。

「ええ～？　正式な旅券ですよ、これ」

双秋が困ったなぁという顔をして粘《ねば》ってくれる。

けれどもネイエドと呼ばれた男は、首を横に振《ふ》った。

（どうしましょう……！　別のところから関所越えを……ううん、いくら双秋でも、子どもを庇《かば》いながらの関所越えは難しいはず）

一度どこかで身を隠し、親切な叉羅国人に金を払《はら》ってラーナシュや暁月宛《あかつきあて》の手紙を託《たく》した方がいいのかもしれない。

莉杏がそんなことを考えていると、ネイエドは莉杏たちをじろじろ見た。

「例の件に関わっていないか、もう少し確かめさせてもらう。全員、こっちへこい」

双秋が莉杏をちらりと見たので、莉杏は行きましょうと言わんばかりに双秋の腰をうしろから少し押す。

双秋はすぐに莉杏の意図を読み取ってくれ、「お前たち、行くぞ」と人買い商人らしい口調で言って歩き出した。

莉杏たちは、近くにある関所の兵士の詰《つ》め所《しょ》に連れていかれる。

「サーラ国になにをしにきた？」

「人の買い付けです。赤奏国では禁止になったので、他の国を回っていたんですよ」

「随分《ずいぶん》と高貴な生まれに見える子どももいるようだが……」

ネイエドは莉杏に視線を向けた。

莉杏は、後宮《こうきゅう》の女官たちの手で常に磨《みが》かれている。髪《かみ》も毎日とかして艶《つや》を出しているし、爪《つめ》の手入れもしっかりされているし、肌触《はだざわ》りのいい絹に包まれて暮らしている。今は町娘の衣装を着ているけれど、どうしてもなじんでいなかったのだろう。

「この子はヴァルマ家の司祭さまの家で働いていたんです。ほら、ヴァルマ家の司祭さまは異国人にもお優《やさ》しい方ですから。でも、見目がよかったので同僚《どうりょう》に嫉妬《しっと》され、盗《ぬす》みの罪を着せられ、司祭さまはこの子をしかたなく売ることにしたんですよねぇ」

「ヴァルマ家の使用人だったという証拠はあるか？」

「それは……」

双秋はそれらしい契約書をつくっておけばよかったと反省する。しかし、すぐに気持ちを切《き》り替《か》えて、ヴァルマ家の司祭との仲のよさを主張することにした。

「俺は司祭さまの飲み友だちですから、友だちとしてこの子をいいところへ売ってほしいと頼まれただけなんですよね。ああ、どんな方がヴァルマ家で働いているのかは知っていますよ。それに、例のあの話も！　婚約者《こんやくしゃ》が逃げた……っていうね」

ラーナシュが赤奏国に滞在《たいざい》していたとき、双秋はラーナシュの傍で警護をしていたし、ラーナシュにとても気に入られていた。そのときに見聞きした話を利用して、上手くごまかそうとする。

「それに、あの人がよく歌っていた曲も……。ええ～っと、夜空が～って」

双秋の歌はあまり上手くなかった。そして、歌詞も少し違《ちが》う。

莉杏は、「わたくしはヴァルマ家の使用人だった」と心の中で自分に言い聞かせながら大人同士の話に入っていく。

「おじさん！　歌詞が違います！　音も！」

莉杏が双秋の歌を止めれば、双秋が「えっ？」という顔をした。

「司祭さまから教えていただいた歌を今から披露《ひろう》します。楽器があればお借りしたいのですが……」

莉杏は、おじさんと呼ばれて動揺《どうよう》している双秋の前に出て、きょろきょろと周りを見る。

叉羅国の人はとても陽気で音楽や踊りが大好きだ、とラーナシュが前に言っていた。

きっと兵士たちも職場に楽器をもちこんでいるはずだ。

「弾《ひ》いてもいいですか？」

莉杏は、部屋の隅《すみ》にあった琵琶《びわ》に似ている楽器を指差す。

ネイエドは好きにしろと言ってくれた。

莉杏は楽器を抱《かか》え、弦《げん》を弾《ひ》き、音を確認する。

琵琶によく似ている澄《す》んだ音が響《ひび》いた。これなら大丈夫だろう。

「……夜空よ　マリーチ　バシシュタ　アンギラス
旅人よ　アトリ　バラスシヤ　パラアッハ
目指せ　クラッツ」

これはラーナシュから教えてもらった『七つの星の歌』だ。叉羅国の人なら誰でも知っている、わらべうたのような曲である。

莉杏がとても短い曲を弾き終えると、ネイエドは満足そうに頷いた。

「他にはどんな曲が弾ける？」

「司祭さまのご希望で、わたくしは異国の曲ばかりを練習しておりました」

「弾いてみろ」

莉杏は弾ける曲のうちから、楽しい気分になるものを選ぶ。

ラーナシュなら気に入ってくれそうな曲を弾いていると、いつの間にかネイエドが小さな太鼓《たいこ》を取り出して、莉杏に合わせて叩《たた》き出した。

（あら？　……このまま弾き続けてもいいのかしら）

莉杏とネイエドの合奏が始まる。ネイエドが出す心弾《はず》む音につられ、莉杏の音色も軽快になっていく。

すると、誰かが合奏の音に惹《ひ》かれて小屋の中に入ってきた。彼も兵士のようだ。そして、自分の楽器を取り出して合奏に加わる。

双秋は困惑《こんわく》していたけれど、イルは手を叩いてさらにこの合奏を盛り上げてくれた。

そして、カシラムも音に合わせて踊り出してくれる。

（あ……！　この踊り、元日始会《がんじつしかい》で見たことがあるわ！）

新年にムラッカ国の使者がきて、新たな年を祝う剣舞《けんぶ》を披露してくれた。

本来は剣《けん》をもって舞《ま》うものである。カシラムは剣をもたなくてもとても勇ましい舞《まい》を見せてくれた。

「おっ、いいねぇ！」

また一人、兵士がやってきて指笛を鳴らし始める。別の兵士が机を叩いて賑やかにしてくれた。

楽しい合奏はいよいよ終盤《しゅうばん》に入る。莉杏の琵琶がゆっくり曲を奏《かな》で終わるのと同時に、皆も呼吸を合わせてぴたりと音を止めた。

途端、わっと歓声《かんせい》が上がる。莉杏は拍手《はくしゅ》と指笛でその腕《うで》を讃《たた》えられた。

「いい腕だな。これはいい楽人になるぞ」

「ありがとうございます」

ネイエドに褒《ほ》められた莉杏は、叉羅国風の礼をしてみせる。

ラーナシュの使用人がしていた礼の見よう見まねだけれど、なんとか形になっていると思いたい。

「そっちの坊主《ぼうず》もなかなかだった。がんばれよ」

カシラムもまた無言で深々と頭を下げた。

双秋はうんうんと頷きながら、そっと懐《ふところ》から金を出し、ネイエドにすっと握《にぎ》らせる。

「うちの良質な商品が旅疲れしないように、早く赤奏国に戻りたいんですが……」

賄賂を渡されたネイエドは、にやにや笑いながら集まってきた兵士に手を振った。

「全員、持ち場に戻れ」

そして、兵士たちが出ていったあと、ネイエドは手の中の金を数えて満足そうに頷く。

「『俺にお使いを頼まれた』ということにして、関所を通してやろう」

「……！　ありがとうございます！　いやぁ、さすがは隊長さま！　お優しい！」

双秋は頭を何度も下げ、笑顔《えがお》で礼を言った。

「道中で、誘拐されたと噂になっている王女さまらしき方を見かけたら、すぐにご連絡《れんらく》しますね」

それでは、と出ていこうとした双秋に、ネイエドは声をたてて笑った。

「あれは誘拐じゃないだろうよ」

「誘拐……ではない？」

どういうことだと双秋が驚けば、ネイエドは肩《かた》をすくめる。

「身代金《みのしろきん》の要求がなかったらしい。だったら、目的は連れ去りではなく、殺すことだ。いずれどこからか出てくるのは、王女殿下ではなくて王女殿下の遺体さ」

「……それはお気の毒に」

「二重王朝の話はあんたも知っているだろう？　ルディーナ王女殿下が死んだら、跡《あと》を継《つ》げるのはハリドガル王子殿下のみになる。ナガール国王陛下派は、自分たちの犯行をごまかすために、異国人が不幸を呼びこんだと騒いでいるんだ」

叉羅国にはビバーララ朝のナガール国王と、コルタラ朝のタッリム国王がいて、二人の王が三年交代で王位に就《つ》き、国を治めている。

この長年の二重王朝問題は、最近解決に向かった。タッリム国王の子であるルディーナ王女と、ナガール国王の子であるハリドガル王子を結婚《けっこん》させ、二人の子どもを次の王にすることになったのだ。

しかし、王朝統一に反対する者は多い。ナガール国王派の貴族が、ルディーナ王女を殺そうとしても不思議ではないだろう。

「つまり、俺は運が悪かった……と」

双秋が勘弁《かんべん》してくださいよと苦笑《くしょう》した。


関所の責任者であるネイエドに賄賂を贈《おく》ることで、無事に関所を通過することができた莉杏《りあん》たちは、夕方まで馬を走らせたあと、街に入った。

早速、顔を隠しながら馬小屋がある宿を探す。異国人という理由で嫌《いや》がられることはわかっていたので、双秋《そうしゅう》は宿の主人に多めの金を渡しておいた。

「〜〜っ、隊長さんに連れていかれたときは、もう駄目《だめ》かと思いましたよ」

宿の部屋に入って扉の鍵《かぎ》をかけるなり、双秋が疲れきった声を出す。

莉杏はそんな双秋の背中をそっと撫《な》でた。

「お疲れさまです。今夜はゆっくりしましょう」

「ですねぇ」

双秋が莉杏を椅子に座らせている間に、イルは窓から外を確認しつつ首をかしげた。

「……ねぇ、なんで異国人は関所を通っては駄目なのかな。異国人が嫌いなら、早く出ていけ～ってした方がいいのに」

なんか不思議、とイルは呟《つぶや》く。

たしかにイルの言う通りだと莉杏が思っていると、双秋はイルの疑問にあっさり答えた。

「内乱発生時に関所を封鎖《ふうさ》することならよくあるよ。敵に自由に行き来されたら困るからな。でも今回は、内乱が原因での封鎖ではなくて、王女の誘拐事件の方が原因になっているっぽいねぇ。異国人は全員『王女誘拐事件の容疑者《ようぎしゃ》』ってことなんだろう」

「えぇ⁉　私たちも容疑者なの⁉」

驚くイルに、双秋はそういう国だからと苦笑した。

「申し訳ないけれど、俺は警護の都合上、皇后陛下と同室にならないといけない。本当は皇后陛下とイルを同室にした方がいいと思うんだけれど、今はこんな状況だからさ」

ごめんと双秋がイルに謝れば、イルは笑顔を見せた。

「大丈夫！　私は傭兵で、いざというときは男と同室になることもあるよ。ソウシュウの弟と同じ部屋でも平気。よろしくね」

イルがカシラムに手を差し出すと、顔を隠したままのカシラムが固まる。

「バシュルク国は、挨拶をするときに互《たが》いの手を握るのです。こんな風に……」

莉杏はカシラムにバシュルク風の挨拶を教えた。

カシラムは右手を出してきたイルに合わせ、右手を出そうとし……はっとして手をひっこめる。

（あ！　そうだ！　カシラム王子の手の紋様《もんよう》……！）

カシラムには手袋《てぶくろ》をさせておいた方がよかったのだろうけれど、子どもの大きさの手袋がなくて、そのままになっていたのだろう。莉杏用の手袋はあっただろうけれど、それはカシラムにとって小さかったはずだ。

「もしかして赤奏国《せきそうこく》って右手に触《ふ》れるのが駄目とかあった？　私の赤奏国出身の友だちは嫌がらなかったから、大丈夫だと思ったんだけれど……。左手だったら大丈夫？」

イルが左手を差し出したら、カシラムは一歩下がる。しかし、すぐうしろは壁《かべ》で、カシラムは背中を打ちつけてしまった。

そして、その衝撃《しょうげき》によってかぶっていた布《ぬの》がふわりと浮《う》き、カシラムの顔が明らかになる。

「あ……」

カシラムはどう見ても赤奏国人らしくない顔立ちをしていた。そして、双秋にまったく似ていない。

カシラムがムラッカ国人で、双秋と血の繋がりがないことは、間違《まちが》いなく気づかれただろう。莉杏と双秋はごまかすための言い訳を必死に考える。

（ええっと、赤奏国の皇后が異国の子どもを連れていても不思議ではない理由は、なにか

ないかしら⁉)

一度、双秋の弟だという紹介をしてしまっている。

なぜそんな説明をしたのかということにも、上手く理由をつけなければならない。

「……もしかして、ソウシュウと弟は母親が違うの⁉」

しかしその前に、イルがありがたい勘違《かんちが》いをしてくれた。

双秋はすぐにその勘違いを利用する。

「そうそう。……俺の父さんの二人目の母さんはムラッカ国人でさ。それで弟はあれこれ言われて顔を隠すようになったんだ。気にしなくていいって俺は言っているんだけれど」

双秋の悲しげな演技に、イルはしっかり騙《だま》されてくれた。

「私はそういうの気にしないけれど、弟の方は気にしちゃうよね！　顔を隠したままでいいから！　そういえば、名前は？　慌ただしくて聞いていなかったよ」

莉杏と双秋は言葉につまる。

あのときは急いでいて、打ち合わせをそこまできちんとしていなかった。

(どうしよう。適当につけてもいいのかしら)

このままなにも言わないのも不自然だ。莉杏は仮の名前をとっさに呼べるように、双秋も自分も知っている人の名前を借りることにして……。

「――カシラム」

けれどもその前に、カシラムが自ら名乗った。

莉杏と双秋が驚いている横で、イルは小さな声で何度か「カシラム」と練習する。

「カシラムね。よろしく」

イルが左手を差し出すと、カシラムは左手を出しておそるおそるイルの手を握った。

「じゃあ、私とカシラムは隣《となり》の部屋で休んでいるから。大丈夫、心の傷はすぐに癒《い》えるものじゃないし、無理して喋《しゃべ》ったり顔を出したりしなくてもいいよ」

イルはカシラムを傷ついた年下の少年だと認識《にんしき》したらしく、カシラムを連れて隣の部屋に向かう。

双秋は扉を閉めたあと、深いため息をついた。

「なんかこう、色々とありがたい勘違いをイルにしてもらえましたねぇ」

「ですね！　よかったです！」

イルは明るくてとてもいい子だ。こんな状況でなければ、莉杏はイルと寝《ね》るまで楽しくお喋りをしていただろう。

「俺からすると、王子さまはいかにもムラッカ国人って顔ですけれど、遠い異国の人からすると、あまり違いがわからないみたいですね」

「イルは『異国人』というまとめ方をしているのかもしれません」

「それはありそうです。……とりあえず、カシラム王子殿下は俺と母親違いの兄弟《きょうだい》で、カシラム王子殿下の母親はムラッカ国人という設定でいきましょう」

双秋はやれやれと言いながら、まずは窓の周りを確認し、それから二つある寝台《しんだい》の強度を確認した。

「皇后陛下、合図を決めますよ。外出した俺が戻ってきたら、扉の前で必ず声をかけます。『俺だ、開けろ』と言われたら開けてもいいです。『双秋だ、早く開けろ』と言われたら、それは開けてはいけないということです。宿の人がきたときも、絶対に開けてはいけませんよ。いないふりをしてください」

「はい」

「次は退路の確保です。寝台の脚に今から縄《なわ》ばしごを結びつけておきます。『双秋だ、早く開けろ』と言われたら、窓の外を確認してください。大丈夫だと思ったら、すぐにこの縄ばしごを窓から下ろし、逃げてくださいね。イルとカシラム王子殿下のことは気にしなくていいです。自分の身を最優先してください」

双秋は、莉杏の身を守るための細かい注意点を教えてくれる。

莉杏は旅の前に必ずこういう話を武官から聞いているけれど、それでももう一度しっかり双秋の話を聞いた。

「異国人狩《が》りが始まる前に、俺は食料の確保をしてきます。イルとカシラム王子殿下に声をかけておくので、三人一緒にこの部屋へいてください」

双秋は最後に恐《おそ》ろしい発言をする。

——異国人狩り。

叉羅国《サーラこく》では、異国人というだけで殺されることもある。

赤奏国を訪れたラーナシュは赤奏国人に友好的な人だったけれど、それはとても珍《めずら》しいことだと莉杏は言い聞かされていた。

「それでは行ってきます」

双秋は部屋を出たあと、イルとカシラムを連れてくる。双秋は莉杏にしたのと同じ注意を二人にもしたあと、部屋から静かに出ていった。

イルはすぐに扉の鍵をかけ直し、部屋の中をきょろきょろ見て、いざとなったときの隠れ場所や退路をもう一度確認する。

「皇后陛下、なにかあったら私がきちんとお守りします！」

傭兵のイルは、頼もしいことを言ってくれた。

莉杏はにこりと笑う。

「ありがとう、イル。足手まといにならないようにわたくしもがんばります！」

「皇后陛下にそう言ってもらえると、なんとかなりそうと思うことができます！」

イルはほっとしたような声を出したあと、くるりと振り返る。

「カシラムもそう思うでしょう？」

同意を求められたカシラムは、静かにくちを開いた。

「……皇后陛下には、素晴らしい部下が何人もいらっしゃいますね。身代わりになってくれる女官、囮《おとり》になってくれる武官、危険を冒《おか》して街で情報を集めてくれる武官……とても恵《めぐ》まれていらっしゃる」

莉杏は、その通りですと言うつもりだった。

しかしその前に、イルが怒《おこ》ったような声を出す。

「なに、その言い方」

「………」

イルがカシラムをにらみつけると、カシラムは黙りこむ。

「あんたさ、余計なことは話せるわけ？」

一気に空気がひりついた。

莉杏は小さな声で「イル」と呼びかけたけれど、イルは止まらない。

「あのねぇ、いい上司の元にはいい部下が集まるの。いい部下ではなくてもいい部下に育つの。赤奏国の皇后陛下はとてもいい……ええっと、叉羅語はまだ勉強中だから、こう、上手く言えないけれど、いい上司だと思う！」

イルは、なにか不敬なこと言ってるかも～と頭をかき回す。

「関所で別の小屋に連れていかれたとき、最初に動いて楽器を弾いてくれたのは皇后陛下だった。私でも貴方でもないよ。皇后陛下はこれから私たちがどうしたらいいのかを、たったあれだけで示してくれた。指揮官として有能なんだよ！」

カシラムはイルから視線を外す。

しかし、イルは話を続けた。

「皇后陛下だって努力しているんだからね！　楽器も叉羅語も、すぐできるようになる人なんていない！　あれはずっと努力していたからできることなの！」

十三歳の莉杏が皇后の仕事と戦っているように、十四歳のイルも傭兵として戦っている。イルと莉杏は国も立場もなにもかも違うけれど、同じ『戦う者』として、イルは莉杏を庇ってくれた。

「イル、ありがとう。貴女の気持ちは充分《じゅうぶん》わかりました。とても嬉《うれ》しいです」

莉杏はイルに伝わるよう、わかりやすい叉羅語を選んで話しかける。

「カシラム、わたくしは貴方の言う通り、とても恵まれています。異国語や琵琶の練習に励《はげ》める場や時間があるのは、周囲の人のおかげですから。これからもっと皆に感謝しますね」

莉杏が『まぁまぁ』と間に入れば、イルは引いてくれたし、カシラムも受け入れてくれた。莉杏はどきどきしながらも、上手くなだめられたことにほっとする。

(イルもカシラムも大人だわ)

引くに引けなくなる前に、どちらもぐっと堪《こら》えてくれた。

そして、莉杏は二人の仲介《ちゅうかい》をしたことで、仲介という役割の重みに気づく。

(『まぁまぁ』が遅《おそ》くなると、大変なことになるのかもしれない)

今、叉羅国はナガール国王派とタッリム国王派に分かれ、国を二分する争いに発展しようとしている。

司祭であるラーナシュはきっと、双方が引くに引けなくなる前に『まぁまぁ』をしようとしているはずだ。

(でも、ルディーナ王女が戻ってこないと、タッリム国王派は引けなくなる)

この騒動を終結させるためには、彼女を取り戻すことが絶対に必要だ。

莉杏は、自分の身の安全が確保できたらルディーナ王女の捜索《そうさく》を手伝いたい……と考え始めた。

翌朝、莉杏《りあん》たちは再び馬に乗って次の関所を目指すことにした。

街での買い出しと情報収集ができたおかげで、なんとかなるかもしれないという気持ちが少し強くなっている。

双秋《そうしゅう》は食料の他に、カシラムのための革手袋《かわてぶくろ》も買ってきていた。

「手綱を握ることもあるかもしれないからさ」

本当は手の甲《こう》の紋様を隠すための手袋だけれど、馬へ乗るときに手の皮が擦《こす》れないようにという配慮《はいりょ》のように見せかけてカシラムへ渡した。

「貴族たちが戦う準備をしているみたいですね。国を二分するような内乱が始まれば、軍の命令系統がぐちゃぐちゃになるはずです。関所で足止めされたときは、内乱が始まるのを待ちましょう」

――内乱が始まれば脱出できるかもしれない。

今は自分の身の安全を最優先にしなくてはいけないときだけれど、それでも莉杏は気分が沈んでしまった。

(わたくしたちが経験した国を二分する内乱……。このままだと叉羅国《サーラこく》の人たちも苦しむことになる……)

部外者だけれど、どうにかならないのかと思ってしまう。

「この状況なら、イルも一度赤奏国《せきそうこく》に出た方がいい。赤奏国から白楼国《はくろうこく》に行って、シル・キタン国かムラッカ国を通ってイダルテス国に出て、それからバシュルク国に向かった方が安全だ。旅券は赤奏国で発券するよ」

「ありがとう！」

バシュルク国の使節団と別行動になってしまったイルは、一人きりでとても不安だろう。それでも莉杏を気遣《きづか》ってくれるし、元気いっぱいの姿を見せてくれている。

「よし、じゃあ出発するぞ」

昨日と同じく、双秋と莉杏、イルとカシラムの組み合わせで馬に乗り、次の大きな関所に向かって馬を走らせた。

この先がどうなっているのかはわからないので、昼に一度馬を休ませることにする。

「そういや、この中でルディーナ王女殿下を見たことがある人はいますか？」

馬の首を撫でながら双秋が質問をすると、イルだけが返事をした。

「ハヌバッリに到着したときに、ルディーナ王女を紹介されたよ」

「……首だけになってもわかる？」

双秋の恐ろしい追加質問に、イルは息を呑む。

「ううっ、わ、わかる……かなぁ？　叉羅国人の見分け、あまりついていなくて……。実はそれでもう失礼なことをしちゃっていてさ」

イルはその『失礼なこと』を思い出したのか、肩をがっくりと落とす。

「ラーナシュ司祭さまとも挨拶したんだけれど、そのラーナシュ司祭さまが前にバシュルク国へきていた人にそっくりだったんだ。だから『前に会ったことがありますよね？』って言ったら、人違《ひとちが》いだって笑われて」

双秋は「俺もそういう失敗をしたことがあったよ」と言ってイルを慰《なぐさ》めた。

「ルディーナ王女さまかどうかは、喋ってくれたらわかりやすいと思う。なんていうか、こう……、王女さまは普通《ふつう》のサーラ国人っぽくて、とても元気？　声が大きい……？」

イルが失礼のない適切な言葉を必死に探している。

カシラムがなるほどねとぼそっと言った。

「異国人嫌《ぎら》いで、声が高くてうるさい？」

「そう、それ！　あっ、これってかなり失礼な言い方だよ～！」

今のなし！　とイルは主張する。

「できればサーラ国の王女さまとも仲よくしたかったんだけれど、あれは無理そうだなって……」

はぁ、とイルはため息をついた。

「俺はルディーナ王女殿下を見つければ、どういう形であっても、もしかしたら踏《ふ》みとどまれるんじゃないか……って思っているんですけれどねぇ」

双秋の言葉に、カシラムは首を横に振った。

「ルディーナ王女殿下の遺体が出てきたら、逆に内乱は激化するよ。どちらも絶対に止まれない。手遅《ておく》れだ」

誰かに殺されたのだとしたら、次は犯人探しが始まる。

そしてその犯人は、タッリム国王の敵対勢力であるナガール国王派の誰かだと皆が思うだろう。

「あ～もう、ラーナシュ司祭さまには俺たちのためにもがんばってもらわないと～！」

首都で内乱回避《かいひ》のために走り回って、ルディーナ捜索の指揮もしているであろうラーナシュに、双秋は必死に祈る。

「じゃあ、そろそろ行きますか。身体がつらいでしょうけれど、あと少しと思ってがんばってくださいね！」

休憩を終えた莉杏たちは、再び馬に乗って移動した。

今日は夕方ごろに、関所の手前にある街で泊まることにする。ここで関所の情報を集めるつもりだったのだけれど、集めなくても関所の様子を知ることができた。

「なぁ、あんたも赤奏国人か？　関所が通れないって話を聞いたか？」

双秋が街に入ると、すぐに赤奏国人らしき商人に話しかけられる。

「えっ、その話はまだ聞いていない。明日、関所を通ろうと思っていて……」

商人は驚いている双秋の肩をぽんと叩いた。

「残念だけれど、それは無理だ。俺は昨日、関所に行ってみたんだが、異国人は駄目だと言われて通してもらえなかった。内乱が始まるって話だし、どうしたらいいのか……」

「うわぁ、困ったなぁ」

双秋はそう言いながら、声を小さくする。

「……賄賂でどうにかなりそう？」

「駄目だった。異国人嫌いっぽくってさ。様子を見るしかなさそうだな」

今回は、前回のように賄賂を贈るという方法は使えないようだ。

双秋は商人に「いい方法があれば教えてくれよ」と言ったあと、莉杏たちに小声で相談し始めた。

「ここからなら、ヴァルマ家の別荘地《べっそうち》まで関所を通らなくても行けるはずです。関所越えをするよりも、そちらに行って保護を求めた方がいいかもしれません。……あくまでもヴァルマ家の別荘というだけなので、別荘で働く使用人が異国人を匿《かくま》ってくれるかどうかはわかりませんが」

ヴァルマ家の皆が異国人に優しいわけではない。ヴァルマ家の当主であるラーナシュが異国人にも優しい人なのだ。莉杏たちがヴァルマ家の別荘で保護を求めても、使用人たちが逆に兵士を呼びに行く可能性もある。

「明日は関所の様子を見て、駄目そうだったら別荘地の近くまで行ってみましょう。別荘で匿ってもらうのも無理そうだったら、別の方法を考えますね。内乱が始まるのを待つというのも一つの手ですし」

　まずはこの街で異国人を泊めてくれる宿を探さなければならない。

　莉杏たちは馬と共に歩きながら、できれば安全が確保しやすい高級な宿を求めて街の中心に向かう。

「おい！　ぼさっとするな！　働け！」

　四人で大通りを進んでいたら、反対側から誰かを叱《しか》る大きな声が聞こえてきて、莉杏はびくっとした。

　双秋は、大声を出した人物と莉杏の眼が合わないように、莉杏の肩を抱《だ》いてくれる。

「わたしはちゃんとやっているわよ！」

「どこが⁉　本当にお前は役立たずだな！」

　ばしんと壁を叩く音と、それにおびえた女の子の悲鳴。

　イルと双秋は女の子をちらちらと見ていたけれど、カシラムは無視していた。

　莉杏は気の毒だと思いながら歩いていたのだけれど、ふとなにかが気になって足を止めてしまう。

「あれ……？」

　小さな疑問の声を上げたのは、莉杏だけではなかった。

　ほぼ同時にイルも小さな声を出して振り返る。

イルはしばらく通りを眺《なが》めたあと、慌て出した。

「ソウシュウ！　あの、もしかしたら気のせいかもしれないんだけれど……！」

イルはもう一度振り返り、声を小さくした。

「さっき叱られていた女の子、ルディーナ王女さまに似ていた……！」

全員がその言葉に驚き、勢いよく振り返る。

しかし、先ほど叱られていた女の子はもういなくなっていた。

「イル、それは本当か？」

「顔は自信ないんだけれど、声が……でも、よく似ているだけの別人かも。私はサーラ国人の顔の見分けがあまりつかないし、王女さまがこの辺りにいるとは思えないし……」

イルは段々と自信をなくしていったのか、声をさらに小さくする。

「……皇后陛下、貴女もさっきなにかに驚いていましたよね」

カシラムが莉杏を見て、イルと同時に声を上げたのはどうしてなのかを聞いてきた。

莉杏は、叱られていた女の子がいた場所をもう一度確認する。

「……言葉が綺麗《きれい》だったのです」

「言葉？」

双秋はそうだったっけ？　と記憶《きおく》を探《さぐ》る。

「叉羅国には、様々な民族、様々な宗教、様々な言語があります。わたくしが習ったのは、宮廷《きゅうてい》叉羅語と呼ばれるものです。王族の皆さまが使っている言葉だと教えられました。先ほど叱られていた子も、綺麗な宮廷叉羅語だったので驚いたのです」

　イルのルディーナ王女に似ている発言と、莉杏の宮廷叉羅語を話していたという発言。

　その二つから、なんだか恐ろしい真実が見えてくる。

「……まあ、王女殿下を誘拐したのなら、普通は閉じこめておくでしょう。一応、確認だけはしてみますか」

　双秋はありえないですよと言いながらも、ちらちらと女の子の姿を捜し始めた。

「でも、確認ってどうしたら……。本人に『王女です』と言われたら、それだけで王女本人だと言ってもいいのかな……？」

　カシラムの指摘《してき》に、双秋がそうなんだよなぁと肩を落とす。

　莉杏は、ルディーナ王女について知っていることをあれこれと思い出した。

　年が近いから友だちになれるかもしれませんね、と海成《かいせい》から言われていて……。

「文字を書いてもらいましょう！」

　莉杏は「これだ！」と明るい声を出す。

「王女さまなら叉羅語を書けるでしょうし、王女だからこその視点ももっているはずです。王女であれば、ラーナシュ司祭の家の場所を尋ねられたら、首都の正門から見える位置ではなく、王宮から見てどこにあるのかを答えるはずです」

莉杏は叉羅国の王女の顔を知らない。けれども、首都ハヌバッリにあるラーナシュの屋《や》敷《しき》に行ったことならあるし、ラーナシュがまとめてくれた王家の情報も知っている。

「それに、わたくしは王女の好みを知っています。好きな食べもの、好きなお茶、好きな色、好きな音楽……好みに合わせたお土産《みやげ》を用意してきました。彼女に文字を書かせ、好みを聞き取ってみましょう」

双秋はいいですねと言ってくれた。

「それならかなりの精度で王女かどうか判別できそうです！」

莉杏たちは急いで宿をとる。

双秋とイルは王女かもしれない女の子を捜しに行き、莉杏とカシラムは宿の部屋で留守番をすることになった。

今は窓から外を眺めるだけのことでも危ない。部屋に人がいないように見せかけたいため、灯りもできる限りつけない方がいいと言われたので、莉杏とカシラムは夕方の薄暗《うすぐら》い部屋の中でひたすら二人の帰りを待ち続けた。

「……あの、皇后陛下」

部屋の隅にいたカシラムが、拳《こぶし》をぎゅっと握りしめながら話しかけてくる。

緊張している様子だったので、莉杏は穏《おだ》やかに微笑《ほほえ》んだ。

「どうしましたか？」

「先日はその……、失礼なことを申しました。本当にすみません」

カシラムはなぜか頭を下げてきた。

莉杏は瞬《まばた》きを繰《く》り返しながら、いつのことなのかを考える。

「ええっと……あ、イルが怒ったときのことですか？」

「はい。己《おのれ》の未熟さを反省しました。どうかお許しください」

カシラムは手を震《ふる》わせていた。

莉杏は慌ててカシラムに駆《か》けより、その手をそっと包む。

「わたくしは怒っていませんよ。あのときも、今も」

「……イルは怒っていました。そして、僕も大変失礼な発言だったと思っています」

莉杏は後宮の責任者なので、後宮で暮らしている者たちから謝罪をされることがある。

本当に謝ってもらわなければならない場合もあれば、形だけの謝罪をしてもらうだけで充分な場合もあった。

そして、莉杏は本気で叱らなければならないときもあったし、気にしないでくださいで終わらせるときもあった。

今回はどんな言葉をかけるべきだろうかと、莉杏は一生懸命に考える。

「カシラム王子、わたくしは貴方の謝罪を受け入れます」

謝罪しなくてもいいと言われるよりも、謝罪を受け入れてもらった方が楽になれることもある。今回はそうした方がよさそうだ。

莉杏はそう判断し、まずはカシラムを安心させることにした。

「そして、わたくしから提案があります。これからは互いのことを知る努力をしていきましょう」

「……互いのことを知る努力、ですか？」

「はい。よく知ることで仲よくなれるかもしれませんし、逆に仲が悪くなるかもしれません。ですが、よく知ることで、互いを嫌《きら》いにならない距離がわかると思うのです。わたくしたちにとっての心地《ここち》よい距離が、近いのか遠いのかはまだわかりませんが、それを保つために二人でがんばりませんか？」

莉杏の提案に、カシラムは眼を見開いた。

「嫌いにならないための距離、ですか。……考えたことがありませんでした」

「わたくしは、できればカシラム王子と仲よくしたいです。ですが、どうしてもできないことがあるというのは知っています」

莉杏はまだ、どうしても嫌いだという悪意をぶつけられたことはない。

それは、暁月《あかつき》によってそのような悪意から守られているということでもあるし、子どもだからで許されている場面も多くあるのだろう。

「皇后陛下……、どうか僕に教えてください。赤奏国の方々は、貴女と同じように、相手のことを考えて大事にしようとする人ばかりなのですか？」

カシラムからの質問に、莉杏は知っている人たちの顔を思い浮かべていく。

「みんなが同じ考えをもっているわけではありません。わたくしは皇后なので、みんながわたくしの考えを尊重してくれているとは思います」

それはとても幸せなことだと感謝していると、カシラムが息を呑んだ。

「どうやったら尊重してもらえるんですか⁉」

カシラムは莉杏の肩を強く掴《つか》んでくる。

その必死な様子に、莉杏は驚いてしまった。

「十三歳の皇后なのにどうして……！　なぜ皆は子どもの言うことだと呆《あき》れずに、貴女の意見を尊重してくれるのですか……⁉　どうかその方法を教えてください！　僕も貴女のようになれていたのなら……！」

「カシラム……！　落ち着いてください、声を抑《おさ》えて……！」

莉杏がカシラムをなだめようとしたら、カシラムは慌てて莉杏から手を離す。そしてすみませんと謝ってきた。

「僕は……あまりにも無力です……。どんな努力をしたら……」

莉杏は、うなだれているカシラムの手をもう一度そっと握る。

「わたくしは、貴方の求める答えをもっていないでしょう。ですが、参考になる方を紹介することはできます」

「参考になる人……？」

「わたくしの陛下と、白楼国の皇帝陛下です。わたくしの陛下は皇太子《こうたいし》になれなかった皇《おう》子《じ》でしたが、それでも即位し、赤奏国の行く先を明るく照らしています。白楼国の皇帝陛下も皇太子ではありませんでした。あの方は、一度は臣籍《しんせき》に下ることも考えていたそうですよ」

「あ……！」

王子のカシラムなら、白楼国のことも赤奏国のことも、ある程度は学んでいるだろう。答えそのものはなくても、答えのようなものなら近くにあると気づいたようだ。

「叉羅国のラーナシュ司祭も、元はヴァルマ家の三男だったそうです。ですが、お兄さまが二人も亡《な》くなられて、司祭を任されることになりました。ラーナシュ司祭は、二重王朝問題の解決を見事に果たそうとしている方です」

立派な人と自分を比べたときにうらやましくなることは、誰にだってある。

しかし、その先——……どんな努力をしていけばいいのかをその人から学ぶ気があるかどうかは、人によって違う。

「白楼国の皇帝陛下も、赤奏国の皇帝陛下も、ラーナシュ司祭も、無力であることに苦しんだことがあったのでしょうか……」

カシラムの疑問に、莉杏は答えられる範囲《はんい》で答えた。

「わたくしはわたくしの陛下の一部分のことしかわかりませんが、陛下は一人で国を治められないことをご存じです。多くの人の力を借りるために、今日も努力しています」

「努力……」

カシラムにとって、努力という言葉に思うところがあったらしい。ふっと表情が消え、自分自身と心の中で会話をし始める。

莉杏はカシラムの邪魔をしないように静かにしていたけれど、しばらくすると廊下《ろうか》から足音が聞こえてきた。

莉杏は物音を立てないように気をつけながら、窓をすぐ開けられるようにしておく。

「──『俺だ、開けろ』」

双秋の声だ。そして、これは開けてもいいという意味の合図だ。

カシラムが慌てて扉の鍵を外しにいき、そっと開けた。

双秋とイルはさっと部屋の中に入ってきて、扉を急いで閉める。

「戻りました。……さっきの女の子になんとかまた会えましたよ。あの子を叱っていた男に探りを入れてみたら、女の子はダハール・パランドラという金もちの男に買われて、でも売られた先で色々あったみたいで、人買いのところに返品されたそうです」

双秋は「気の毒に」と女の子に同情した。

「ソウシュウが人買いの男の気を引いている間に、私はその子に色々な質問をして、答えを紙に書いてもらったよ。これなんだけれど……」

イルは懐に入れていた紙を広げる。

莉杏はそれを見て、まぁと驚いてしまった。

「綺麗な宮廷叉羅語を書いています」

「叉羅国人の子なら誰だってできる……わけがないですよねぇ……」

双秋は紙を覗きこみながら、力なく笑う。

「わたくしが知っているルディーナ王女の好みとすべて一致《いっち》しています。あと、ラーナシュの家の場所も王宮から見える位置ですね」

「家の場所はともかく、女の子の好みはそんなにばらつきませんよねぇ～……って悪あがきしてもいいですか？」

双秋の言葉に、イルは引きつった笑《え》みを浮かべ、あのね……と切り出す。

「その女の子、私は王女なのよって言ってきて……。おまけに、王宮でバシュルク国の使節団と挨拶したことも知っていて……。私のことは覚えていなかったけれど、使節団の責任者の特徴は覚えていたよ」

どこにでも夢見る女の子はいる。

実は王女で、いつかは城から遣《つか》いがきて、素敵な服を着ることができる……というような想像をこっそりする人もいれば、誰かの前で語る人もいるだろう。そう、イルが会ってきた女の子のように。

　しかし、知るはずのないことを想像だけですべて言い当てたとなると、夢見る女の子で片付けるわけにはいかない。

「あの……もしも、もしもですよ」

　カシラムが『もしも』の話を始める。

「あの女の子がルディーナ王女殿下だとしたら、どうして人買いに売られたんですか？　ルディーナ王女殿下を誘拐した人物は、なにかの要求をするはずですし、要求を呑ませるまで彼女を傍に置くでしょう。ルディーナ王女殿下を殺すことが目的なら、人買いに売ることなく誰も見ていないところで殺せばいいだけのはず……」

「……誘拐ではなくて、別の事件に巻きこまれたのでしょうか」

　莉杏はそう言いながらも、そんなことがあるのだろうかと思ってしまう。

「王女が巻きこまれる別の事件……身代わりとか双子《ふたご》とか？　あの年齢なので赤《あか》ん坊《ぼう》のすり替えみたいなことは難しそうですけれど」

　双秋はう〜んと悩《なや》む。

「ありえないですけれど、平民のふりをして世間を学んでいた……とか？」

　カシラムの言葉に、イルが頷く。

「で、城下町を視察している最中に、王女と気づかれないまま人買いに攫《さら》われた！」

するると、双秋が苦笑しつつどうかなぁと言う。

「ご立派な理由で王女殿下が誘拐されたのなら、タッリム国王陛下はナガール国王陛下に怒らないと思うけれどねぇ」

莉杏は、それならば立派ではない理由を考えてみる。

（ええっと、世間を学ぶのが立派だから……それ以外で出かけるのは……）

答えはすぐに出てきた。そして、これはありそうだと思ってしまう。

「ルディーナ王女は自分の意思でお城を出たのではありませんか⁉　こっそり市場に遊びに出かけたとか、好きな男性に会いにいったとか！　それで、町娘の変装をしていたから勘違いされてしまって……！」

莉杏の言葉に、イルは指を鳴らす。

「ありそう！　あの子、気が強そうだもん！　親に内緒《ないしょ》で遊びに出かけるかも！」

双秋は、あ～あと言いながら頭を抱えた。

「こっそり城下に出かけて、従者がうっかり眼を離したときにはぐれて、そのまま人攫いに……これは間違いなく従者の首が飛びますよ」

双秋の言葉に、カシラムは深刻な表情で頷いた。

「一族の首がすべて斬《き》られてもしかたない失態だ。従者がそれを恐れて嘘《うそ》をついたのなら、真相が闇《やみ》の中に……」

それもありそう〜！　とイルが顔を真っ青にする横で、双秋はこっそりとカシラムに

「今の赤奏国は、そこまでひどいことはしないです……」と訂正《ていせい》を入れていた。

「双秋、まずはあの女の子を助けて、詳《くわ》しい事情を聞いてみましょう。まだ人違いの可能性も充分にあります」

莉杏の提案に、双秋はわかりましたと言ってくれる。

「俺は人買いの男に、赤奏国に子どもを運ぶ仕事をしているという話をしました。さっきの子の顔がいいから売ってくれと交渉《こうしょう》してみます。金はかなりもたされていますから、割増価格になってもなんとかなるでしょう」

もう夜なので、続きは明日になってからにしようということになる。

イルとカシラムは莉杏に挨拶をしたあと、隣の部屋に入っていった。

イルは女神《めがみ》への祈りを捧《ささ》げたあと、寝るために上着を脱ぐ。

カシラムは一応イルから視線を外しつつ、寝台に腰かけた。

「……さっき、皇后陛下に謝罪したよ」

「え？　なんで？　なんかやっちゃった？」

イルはカシラムの正体を知らない。あくまでも双秋の母親違いの弟だと思っているので、カシラムには気さくに接している。

「ほら、前に失礼なことを言ったから……部下に恵まれているって……」

「あ～、言ってたね。そっか、謝ったんだ。偉《えら》いね」

イルに褒められたカシラムは、なんだか不思議な気持ちになってしまった。

（実の家族よりも心によりそおうとしてくれる赤奏国の皇后陛下……実の臣下よりも僕を守ろうとしてくれるソウシュウ……実の姉よりも姉らしく叱ってくれたり褒めてくれたりするイル……）

今、自分はとても大変な状況にある。

殺されそうになっていて、国に戻れるかわからない。

それなのに、この四人で逃げることを楽しいと思ってしまうのはなぜだろうか。

「イルはさ……国を変えたいって思ったことはある？」

「国かぁ……、私は難しいことを考えるのは苦手だけれど、親戚《しんせき》にそういうことを考えてがんばっている人ならいるよ」

「どうがんばってる⁉」

イルは使節団の代表をしている親戚の顔を思い浮かべた。

彼はバシュルク国の未来のために、次の段階へ進もうとしていて……。

「結果を出すことが大事って言ってた。みんなが納得《なっとく》してくれるからって」

カシラムはイルの言葉にはっとする。

今までの自分を振り返り、どれだけ結果を出してきたのかを考えてみた。

(結果……。……努力はしても、結果は出してこなかった気がする)

逆に、赤奏国の皇后の努力の結果は知っている。

赤奏国内のわらべうたを集めたわらべうた集をつくり、女の子の教育に励んでいるという話は、教育係から教えられていた。

(わらべうた集をつくろうと言い出し、わらべうたを集め、書物という形にしたという皇后陛下の結果は、誰の眼にもはっきり見える。……こういうことなのかもしれない)

カシラムは、ようやく自分がなにをすべきだったのかを理解し始めた。

そして、後悔《こうかい》のため息をついてしまう。

「どうしたの？　私、落ちこませるようなことを言っちゃった？」

「……ううん。もっと僕も結果を出しておけばよかったって思ったんだ。意見を言うだけじゃなくてね」

「その辺りは難しい問題だよね」

イルは灯りを消すよと言って部屋を暗くする。

「他人事《ひとごと》だから、簡単に今からがんばればいいよって言っちゃいそうになるけれどさ。言った方がいい？」

カシラムは少し考えたあと、小さな声でイルに返事をした。

「うん……」

兄弟同士で殺し合うことが当たり前である国に生まれた。

なにも知らない人に励まされることへの苛立《いらだ》ちと、それでも普通の人のように励まされたいという気持ち、その二つを天秤《てんびん》にかけて後者を選ぶ。

「がんばれ！　カシラムならお兄さんのような武官になれるし、きっと文官《ぶんかん》にもなれるよ」

「……そうだね」

カシラムがなりたいと思うものは、赤奏国の武官でも文官でもないけれど、ほんの少しだけそれもいいなと思ってしまった。

翌日、双秋《そうしゅう》は人買いの男のところに行き、王女かもしれない女の子を売ってほしいという交渉をした。

しかし、その交渉はあっさり打ち切られてしまう。

「『売る先がもう決まっているから』だそうですよ。俺は赤奏国人《せきそうこくじん》ということもあって、既に決まった取引を中止させるのは、金を積んでも無理そうでしたね」

双秋はやれやれと言いつつ、荷物を探り始めた。そして、莉杏《りあん》に重たい包みを渡す。

「皇后陛下、これはお金です。小さな宝石も入っています。なにかあったらこれを使ってください」

「双秋、別の方法を考えましょう」

莉杏はそう言って双秋を引き止めようとしたけれど、双秋はへらりと笑った。

「ルディーナ王女殿下だったら、絶対に早く保護しないといけません。前にも申しましたが、素人《しろうと》の軟禁《なんきん》なんて、武官なら簡単に突破《とっぱ》できます。お任せあれ。ただし……」

双秋はイルとカシラムの顔を見た。迷ったけれど、最終的にイルを選ぶ。

「イル、傭兵として頼りにさせてくれよ。俺についてきて、ルディーナ王女殿下を連れ出すところを離れた場所で見ていて、上手くいかなかったときは俺の代わりに皇后陛下を連れて逃げてくれ」

「わかった。私は皇后陛下の護衛をするって契約をしているから、安心して。バシュルク国の傭兵は雇《やと》い主《ぬし》を絶対に裏切らないことで有名だからね」

ルディーナの救出に失敗したら、異国人の双秋は街の人に追いかけられるかもしれない。その場合、双秋が連れていた莉杏やカシラムも危険な目に遭《あ》うだろう。

「では、俺は馬をもう一頭用意してきます。決行は夜明け直前。街の門が開いたら、カシラムと皇后陛下は馬を引いて門から出て、外で待機していてください。イルが合流したら、イルの判断で出発か待機かを決めてくださいね」

ルディーナ王女かもしれない女の子を無視して先にヴァルマ家の別荘地に行き、ヴァルマ家の人にルディーナ王女かもしれない女の子の保護を頼むか。

それとも、見失う前にルディーナ王女かもしれない女の子を保護してヴァルマ家の別荘地に行くか。

どちらが正しいのかという問題は難しすぎて、解いてみないとわからないだろう。

莉杏はそれならば、王女かもしれない女の子を助けてから別荘地に行きたい。

「双秋、なにかあったらヴァルマ家の別荘で合流しましょう」

「はい。ルディーナ王女を連れてそこまで行けば、俺たちもどうにかなるでしょう。……というか、どうにかなると信じたいですね」

ナガール国王派は、もしかするとルディーナを殺そうとするかもしれない。

しかし、タッリム国王派やラーナシュたちはルディーナを捜《さが》している側だ。ルディーナを絶対に保護してくれるし、莉杏たちにも救いの手を差《さ》し伸《の》べてくれるだろう。

「別荘地の場所を頭の中に叩きこんでおいてくださいよ。全員がばらばらに行動することだってありえます。みんな、星の見方はわかりますか？　わからなかったら今から俺が教えます」

双秋は、莉杏、イル、カシラムの顔を順番に見ていく。

莉杏は一人になっても赤奏国の首都へ帰ることができるように教育されていた。星の見方も地図の見方も、一人で旅をしなければならなくなったときの歩き方も知っている。

「わたくしは大丈夫です」

莉杏の返事に、双秋は助かりますと笑う。

「私も大丈夫！　土地勘《とちかん》はないけど、地図を頼りに行軍する訓練ならしたことがあるよ。雪山も歩いたことがあるしね」

傭兵のイルは頼もしい返事をした。

「僕は……、一応、星の見方も地図の見方も知っているけれど……」

「実践《じっせん》経験はないってことか。もう一度確認しよう」

双秋は地図を出し、太陽の位置と影《かげ》、それから夜空の説明を始める。

その間に、イルは莉杏に「馬上でも使える合図をつくりましょう」と言い出した。

「ソウシュウがいるなら、皇后陛下はソウシュウのうしろが一番安全だと思う。でも、ソウシュウがいないときは、カシラムのうしろの方がいいかも。交代しながら馬に乗ってみてわかったんだけれど、馬はソウシュウの弟だけあって、カシラムの方が上手く乗れています」

「わかりました」

「じゃあ、合図をつくりますね。まずは拳を突《つ》き出したときです。これはこのまま行こうで……。手のひらを出したときは、全速力で走り続けてで……」

みんなで細かい打ち合わせをしたあと、双秋は馬を買いに行った。

結局、馬は買うのではなく借りるという形になり、双秋は返せるといいんですけれどねぇと苦笑する。

全員が早めに寝て、そして夜明け前に起き出し、莉杏とカシラムは街の中を二人で静かに歩いた。

「……おい、子ども二人でどうした？」

そろそろ門を開けるかというころ、門番は二人でやってきた子どもの姿に驚く。

「おじさんが、宿に忘れものをしたから先に行って待ってろって。馬には大事な荷物を乗せるから、お前たちは絶対に乗るなって……」

子どもなのに荷物を抱えて徒歩。大事な荷物が馬の上。

莉杏とカシラムが暗い顔でそんなことを伝えると、門番は少し同情してくれたらしく、旅券を見たあとに通っていいぞと言ってくれた。

莉杏とカシラムは、街の門を出たところで双秋たちを待つ。

（双秋とイルと女の子が無事にここへきてくれますように……！）

莉杏が必死に祈っていると、カシラムが突然《とつぜん》勢いよく振り返った。

「くる……！」

莉杏はカシラムの手を借りて馬に乗る。

大丈夫、大丈夫、と自分に言い聞かせていたら、莉杏の耳にも馬の足音が聞こえてきた。

これは一頭分の音だ。

「これ、旅券です！　急いでまーす！」

イルの声だ。馬に乗ったままぱっと外に出てきた。

「ついてきて！」

彼女は莉杏とカシラムの馬に気づくと出発を宣言する。

カシラムは手綱を引き、馬を急いで走らせた。

莉杏はカシラムの腰にしがみつきながら、一度だけ振り返る。

(双秋がいない……！　でも、イルの判断を信じないと！)

カシラムに操られている馬はすぐに速度を上げた。先に走っていったイルになんとか追いつく。

(あれは……女の子！)

薄暗い中、イルにしがみついている黒髪の少女が見える。

王女なのか気の毒な少女なのかはわからないけれど、双秋は言葉通りに子どもを一人解放できたようだ。

(あ、イルから合図……!)

イルは追いついた莉杏たちに気づくと、手のひらを出して『全速力で走り続けて』という合図を送ってくる。

カシラムはわかったと手で合図を送り返した。

——わたくしたちの判断は正しかったのかしら。

莉杏はこれまでしてきた様々な判断を振り返ってみる。

海成《かいせい》たちを置いていったのも、碧玲《へきれい》を置いていったのも、双秋を置いていったのも、そのときはそれでいいと思っていた。

けれども、こうして子どもだけになってしまうと、どうしても不安がこみ上げてくる。

(……ううん、まだ答えを出すときではないわ)

正しい判断だったと言えるようにするためにも、この四人で別荘地に行き、保護されなければならない。今はそのことだけを考えるべきだと自分に言い聞かせた。


不吉を運ぶと言われている烏《からす》が、赤奏国《せきそうこく》の皇帝の私室の近くにある木に止まっていた。

一羽なら「ああ、烏か」で終わるけれど、今日は数えきれないほどの烏が止まっていて、それらはぎゃあぎゃあと鳴き続けている。

「うるせぇな……」

なんで朝からこんなに元気なんだと暁月《あかつき》がうんざりした声で呟けば、部屋の花を取り替えにきていた従者の沙泉永《させんえい》も外にいる烏を見た。

「こんなに多くの烏がくるのは珍しいですね。なにかあったんでしょうか」

「烏の事情なんて知るかよ」

暁月は着替えを手に取る。

ここは人前ではないので、泉永は暁月の着替えを手伝うことはない。代わりに、丁寧に花瓶を置いた。それから、運んでいる最中に動いてしまった枝を直していく。

「烏は不吉の象徴だと言われています。……なんだか心配になってしまいますね」

「はぁ？　莉杏《りあん》なら元気でやってるだろ」

暁月は迷信なんて阿呆《あほ》らしいと言い放ったあと、はっとする。

泉永は莉杏を心配したとは言っていなかった。もしかして、心配先は別だったのかもしれない。

「こういうときは備えあれば憂《うれ》いなしですよ。皇后陛下の御衣装をまとめておきますね。なにかあって、急いで戻ってくるようなことになれば、荷物はすべて捨ててくるでしょうから」

「…………」

幸いにも泉永は、莉杏の心配をしていたようだ。

うっかり発言をしてしまった暁月は、勘違いではなかったことにほっとした。

「あとで朱雀神獣廟《すざくしんじゅうびょう》へお参りに行ってきます。無事に皇后陛下が戻られますようにとお願いしておかないと」

泉永はちらりと暁月を見る。「陛下も行ってきたらどうですか？」と言いたいのだろう。

「おれはねぇ、自己満足のためのお参りなんてするつもりはないよ。祈るほど心配しているのなら、会いに行って無事かどうかを確認した方が間違いないって」

「そうでしたか。では、陛下の御衣装もまとめておきますね。皇后陛下のお迎えに行くときは、必ず書き置きをよろしくお願いします」

泉永は花瓶に生けられた花を見て満足そうに頷いたあと、部屋から出ていく。

暁月は「今のは迷信が嫌いって話なんだけど⁉」と泉永の背中に向かってつい叫んでしまった。

三問目

どれぐらい走り続けただろうか。

太陽が真上にくる少し前、イルが休憩《きゅうけい》しようという合図を送ってきた。

ちょうどこの辺りに小川があるはずだ。旅慣れた者なら、木陰《こかげ》に入って暑さが和《やわ》らぐまで昼寝《ひるね》をするだろう。

「ちょっと馬に無理をさせすぎたね」

カシラムは馬の首をぽんぽんと叩《たた》き、がんばってくれたことをねぎらう。

馬たちに小川の水を飲ませ、日陰《ひかげ》で休めるように手綱《たづな》を木にくくりつけた。

「私たちも休憩しよう。話したいこともあるし」

イルは自分のうしろに乗っている黒髪《くろかみ》の女の子に手を差《さ》し伸《の》べる。

しかし、女の子はイルの手を叩き落とした。

「あんたねぇ……！　じゃあ、ずっとそこに座っていなさいよ！」

そう言いつつも、イルは馬に座ってという指示を出す。

馬が静かに膝《ひざ》を折ったので、女の子は自分で馬から降りた。

「ソウシュウのことだけれど……」

イルは一番気になっている話を始める。

「私とこの子を逃《に》がすために囮《おとり》になってくれた。必ず追いかけるから先に行けって」

申し訳ないという気持ちがにじみ出ている声だった。

莉杏《りあん》は微笑《ほほえ》みながら頷《うなず》く。

「双秋《そうしゅう》なら大丈夫《だいじょうぶ》です。前に橋が突然崩れて川に落ちたときも、双秋は無事でしたよ」

「うん……！」

謝罪しても悔《く》やんでも、過去は変えられない。今の自分たちにはやるべきことがいくらでもある。

「……で、この子が自称《じしょう》『ルディーナ王女』」

イルが黒髪の女の子を見てそう説明すると、ルディーナはイルをにらみつけた。

「わたしは王女だって言ってるでしょ！」

「あのねぇ、証明するものはなにもないから、今はそう説明しないといけないんです」

傭兵《ようへい》だけあって、イルは物事を正確に報告するという基本的なことが身についている。

莉杏は気の強そうなルディーナに微笑みかけ、自己紹介《しょうかい》をした。

「わたくしは赤奏国《せきそうこく》の皇后《こうごう》、莉杏です。よろしくお願いします。こちらは……」

「武官《ぶかん》のソウシュウの弟、カシラム。よろしくお願いします」

莉杏がカシラムの説明をしようとしたら、カシラムはこのまま双秋の弟という設定でいくと意思表示してくれた。

「赤奏国人にムラッカ国人じゃない……」

嫌そうな顔をしたルディーナに、莉杏は少し感動してしまう。

（ラーナシュの婚約者だったダナシュと同じ反応だわ……！）

『叉羅国の人は異国人を好まない』ということを、莉杏は何度も教えられてきた。ようや
しかし莉杏は、ラーナシュやその従者という特殊な人ばかりと接していたのだ。

く習った通りの叉羅国人にまた会えた……！　と感動してしまう。

「ねぇ、早くお父さまを呼んできて。馬に乗るのは疲《つか》れるの。もう嫌よ」

女の子は疲れたと言って座りこむ。

イルはそれを見てため息をついた。

「だから、ソウシュウがもう説明しましたよね。貴女《あなた》を狙《ねら》う人がたくさんいるから、まずはラーナシュ司祭さまの別荘《べっそう》に行って、そこで保護してもらいましょうって」

「なんでそんな面倒《めんどう》なことをしないといけないの!?　わたしは王女よ!?」

イルは「話が通じないよ～！」と頭を抱《かか》えた。

カシラムはその横で呆《あき》れた顔をしている。

「偉《えら》い人の子どもってみんなこんな感じなの……!?　もしかして私のサーラ語の能力が低いだけ!?」

イルが信じられないと叫《さけ》べば、カシラムが肩《かた》をすくめた。

「金もちの子どもがこんな感じに育つ例はけっこうあると思うよ。皇后陛下があまりにも特殊例で、優《やさ》しくて賢《かしこ》くて素晴《すば》らしい方なだけだと思うね」

カシラムが「諦《あきら》めて」とイルに同情する。

「皇后陛下《へいか》、あまり気になさらないようにしてください」

カシラムは莉杏を慰《なぐさ》めようとしてくれたのだけれど、莉杏はルディーナの存在に感動していたので、返事が遅《おく》れてしまった。

「えっと、わたくしは大丈夫です！　少し驚《おどろ》いてしまって……」

莉杏はルディーナのような人物について、実はとても詳《くわ》しい。そう、物語の中ならルディーナのような人はたくさんいた。

（お金もちのお嬢《じょう》さま……！　女性主人公の幼少編で必ず出てくるわ……！）

物語と現実は違《ちが》うということなら、莉杏もわかっている。

赤奏国の後宮《こうきゅう》は数々の後宮物語と違って莉杏以外の妃《きさき》はいないし、そのせいで妃同士の争いというものがまったくない。

しかし、ここに物語から抜《ぬ》け出《だ》してきたような人がいるので、どきどきしてしまった。

「ルディーナ王女、休憩したらまた馬で移動します。がんばりましょうね」

莉杏が励《はげ》ませば、ルディーナは莉杏をにらんだ。

「嫌よ」

「では、ここに残って一人で待ちますか？」

「それも嫌！　早くお父さまを呼んできて！　異国人はもう黙っていて！」

ルディーナはこれまで大変な思いをしてきている。色々な不平不満が溜《た》まっているだろうから、大きな声でそれを莉杏たちにぶつけてきてもしかたのないことだ。

「そもそも、あの男たちはなに⁉　なんでわたしが働かないといけないの⁉　王女ってどれだけ言っても嘘《うそ》だと言われて……！」

王女として暮らしていたのに、いきなり下働きをしろと言われた。おそらく、ずっと叱《しか》られただろうし、恐《おそ》ろしい思いもしただろう。

「あとでお父さまに言って、一族全員を皆殺《みなごろ》しにしてやるんだから！」

絶対に許さない、と泣《な》き叫ぶルディーナに、イルは同情しつつもどうしようという顔をしているし、カシラムは嵐《あらし》が通りすぎるのを待つという姿勢だ。

莉杏もまた、今はそっとしておいた方がいいだろうと判断した。感情を吐《は》き出す場所は必要だ。落ち着いてから、慰めたりなだめたりすべきである。

「なんでわたしが……どうして……」

莉杏たちが色々な打ち合わせをしている間に、ルディーナの声が小さくなってきた。

しくしくと泣いている彼女に莉杏は水を渡《わた》してみたけれど、見事に振《ふ》り払《はら》われ、水が袖《そで》にかかる。

「ちょっと。この方を誰《だれ》だと……」

いい加減にしろとカシラムが注意をしようとしたけれど、莉杏はそれを手で制した。

カシラムに微笑みかけ、ここは任せてほしいことを示す。

「ルディーナ王女」

莉杏は少し強めに名前を呼んだ。

しかし、ルディーナは膝を抱えて顔を伏《ふ》せたままだ。

「ルディーナ王女、顔を上げてください」

言葉は丁寧《ていねい》でも、莉杏は皇后としての声を出した。

ルディーナはうっとうしいと言わんばかりに少し顔を上げて莉杏をにらみつけてくる。

「わたくしは赤奏国の皇后です。貴女は叉羅国の王女です」

「そうよ、わたしは王女よ！　わたしの言うことを聞きなさいよ！」

「皇后というのは王妃《おうひ》と同格です。王妃と王女では、王妃の格の方が上という扱《あつか》いです。

それは知っていますよね？」

「はぁ？」

ルディーナが莉杏を見て、なにを言っているのかという顔をする。

「この水を飲んで、まずは落ち着きましょう」

莉杏は再び水を勧《すす》めた。

けれども、ルディーナは水を入れた器《うつわ》を振り払う。水はすべて零《こぼ》れてしまった。

「しかたありませんね。イル、すみませんがまた水を汲《く》んできてくれますか?」

「あ、……はい」

「ありがとう。頼《たの》みます」

莉杏はイルに礼を言ったあと、ルディーナに笑顔《えがお》を向ける。

「ルディーナ王女、皇后に失礼な態度で接してはいけません」

「異国人のくせになにを言っているわけ!?」

「わたくしたちは皆《みな》、叉羅国の国王陛下に招かれた客人です。……もう一度言います。客人である皇后に失礼な態度で接してはいけません。わかりますか?」

莉杏は優しく、子どもに言い聞かせるような口調でゆっくり語りかけた。

「そんなの知らないわよ!」

ルディーナが叫んでいる間に、イルが水を汲んでくる。

莉杏はその水を受け取り、ルディーナに差し出した。

「この水を飲んでください。まずは落ち着きましょうね」

しかし、ルディーナはまたもや莉杏の手を振り払い、水を零す。

「あらあら、いけませんね。……イル」

莉杏はにっこりと笑い、器をイルに渡した。

「それでは、理解できるまで続けましょうか。ルディーナ王女、この水を飲んでください。まずは落ち着かないといけませんよ」

一歩も引かない姿勢を見せつける莉杏に、カシラムはぞっとしてしまった。

皇后として大事に育てられてきたであろう少女は、人の従え方もしっかり教えられ、そして実践《じっせん》できるようにされているのだろう。

莉杏とルディーナの戦いは、最終的に身も心も疲れていたルディーナが諦めるという形で決着がついた。

「なによこの人……。わたしの話をまったく聞かないじゃない……。サーラ語が通じないの？」

ルディーナは何度水を零してやっても、何度もにこやかに水を勧めてくる莉杏へ段々と恐怖《きょうふ》を感じていく。

──優しいのに、優しくない。

こんな人に会うのは初めてで、なにからなにまで理解できなかった。

「……わかったわよ、……もう、なんなの」

水を飲んだルディーナは、莉杏から「これからラーナシュ司祭の別荘に行って保護してもらう」という説明をされる。

それは何度も聞いたとうんざりしているルディーナを馬に乗せ、莉杏たちの馬は再び走り出した。

陽が落ちて前がぎりぎり見えなくなるまで走り続けたあと、ようやく野営をすることになる。

「焚《た》き火《び》をしますけれど、それは人がいるという目印でもあるので、なにかあったらすぐに火を消すのを手伝ってくださいね」

傭兵のイルが野営の指示を出す。

莉杏は言われた通りに燃えやすい葉を探してきたり、小枝を拾ったり、水を汲んだりと精いっぱい働いた。

あとは保存食料を食べ、水を飲むだけだ。

かろうじて薄《うす》い毛布はある。しかし、この毛布はすり傷をつくらなくてすむという程度の役割しか果たしてくれないだろう。

「今夜は交代で見張りをしようと思います。えーっと……」

イルはちらりとルディーナを見る。戦力にすべきかどうかを迷っているようだ。

「では、わたくしとルディーナ王女が一緒《いっしょ》に見張りをします。最初に見張らせてもらってもいいですか？」

莉杏の提案に、イルはほっとした表情で頷いた。

「はい。なら、カシラムは夜明け前でもいい？　私が深夜の担当ね」

「わかった。僕は細切れに睡眠《すいみん》をとったことがないから、その方が助かる」

食事をすませたあとは、イルとカシラムは毛布に包《くる》まり、眼《め》を閉じる。

莉杏はときどき焚《た》き火《び》に小枝や燃えやすい葉っぱを足しながら、ぱちぱちという火が爆《は》ぜる音を聞いていた。

「……そういえば、ルディーナ王女はなぜあのようなところにいたのですか？」

野営の準備のときも、食事のときも、ルディーナはずっと黙《だま》っていた。

莉杏はようやく落ち着いたルディーナと今なら会話ができるのではないかと思い、優しい声で尋《たず》ねてみたのだけれど、ルディーナはむっとしたままなにも言わない。

「城下で迷子になっていたという噂《うわさ》は本当だったのですね」

あらあらと莉杏が微笑めば、ルディーナがぱっと莉杏を見た。

「違うわよ！」

「お静かに、小声で」

莉杏は身体《からだ》を休めているイルとカシラムをちらりと見て、起こさないようにしてくれとルディーナに頼む。

ルディーナはなんでわたしが……と小声で文句を言った。

「迷子ではないのなら、どうして誘拐《ゆうかい》されたのですか？」

莉杏が改めて尋ねると、ルディーナはぼそぼそと話し始める。

「……変装して、こっそり城下の朝市に行ったの。従者は連れていたわよ。でも、いつの間にかいなくなっていて……。捜《さが》したけれど……気づいたら知らない人に腕《うで》を掴《つか》まれていて、担《かつ》がれて、縛《しば》られて、馬車に乗せられたわ」

ルディーナの眼に涙《なみだ》が浮《う》かぶ。

莉杏はそっとルディーナを抱《だ》きしめた。

「それはとても恐ろしい思いをしましたね」

疲れきっていたルディーナは、もう異国人でもいいから優しくしてほしかったのだろう。黙って頷いた。

「王女だって言ったのに、誰も信じてくれなくて……遠くへ連れていかれて。知らない人の家で働けって！　そこでわたしは王女だと何度も言ったのに、話が通じないから別の子にするって言われて！」

莉杏はルディーナの背中をゆっくりさする。

王女の誘拐犯はたしかにいた。しかし、彼らは町娘《まちむすめ》を誘拐しただけだと思っていたのだ。

（だからタッリム国王陛下になにも要求しなかったのね）

ハヌバッリでの犯行だったので、ルディーナはすぐ遠くに連れていかれ、そこで売られた。

しかし幸運なことに、ルディーナは人買いのところに戻された。これはルディーナが売られた先で大騒《おおさわ》ぎした結果だ。偶然《ぐうぜん》とはいえ、彼女は自分で運命を切《き》り拓《ひら》いていた。

「わたくしは、貴女がルディーナ王女だと信じていますよ」

莉杏はルディーナに優しく声をかける。

するると、ルディーナはふんと鼻を鳴らした。

「……王女のわたしを見たことがないくせに」

「ええ、その通りです。ですが、貴女には教養がありました」

莉杏はイルに渡された一枚の紙を広げる。

そこには、綺麗《きれい》な叉羅語の文字が並んでいた。

「とても綺麗な宮廷叉羅語です。貴女の叉羅語の発音もとても美しいです。高度な教育を受けた女性であることは、これだけでもわかりました」

莉杏に褒《ほ》められたルディーナは、とても驚いてしまった。字を書くことと叉羅語を話すことは、誰だってできることだと思っていたのだ。

「貴女の好きな食べもの、好きなお茶、好きな色、好きな音楽……わたくしが知っているルディーナ王女の好みと一致《いっち》しています」

「え……？　わたしの好みを知っているの……？」

「はい。ルディーナ王女と仲よくしたかったので、喜んでもらえるお土産《みやげ》をもってきたのです。荷物が無事だったらお渡ししますね」

ルディーナは再び黙りこむ。

これまで自分が受けてきた教育、周囲の大人によって身についた常識、そういったものとここにあるものにずれを感じ、混乱し始めているのだ。

（……わたくしも、なにも知らないことに驚いたことがある）

莉杏は祖父母から『皇帝陛下《こうていへいか》に愛される妃になりなさい』と言われながら育った。憧《あこが》れの後宮に入れば、教えられた通りの日々が続くと思っていた。

けれどもおよそ一年前、茘枝城《れいしじょう》で出逢《であ》った暁月《あかつき》は、この国が滅《ほろ》ぶ道を歩んでいることを莉杏に教えてくれたのだ。

（今だって知らなくてもいいと判断されたことは、教えられていない）

莉杏には、学ばなければならないことがたくさんある。それがつらくて苦しい現実であっても受け入れ、どうしたらいいのかを考えなければならないのだ。それが皇后の役目だ。

「……わたしは、貴女の好みなんて知らないわ」

「知らないのなら、これから知っていけばいいのです。わたくしは恋《こい》の話が好きなので、いつか恋をしたときはこっそり教えてくださいね」

「恋……」

ルディーナの眼に光が宿る。

もしかしてこれは……！　と莉杏が期待すると、ルディーナはぽつぽつと城を抜け出した理由を語ってくれた。

「わたし……、恋を探しに行っていたの……」

「まぁ！　それは素敵《すてき》です！」

「みんなはわたしにそんなことをしては駄目《だめ》だといつも言ってくるわ。婚約者《こんやくしゃ》がいるのにって……。婚約者はね、それまで敵だと言われていた人。なのにいきなり婚約者になって、すぐ結婚《けっこん》しろって……ねぇ、これっておかしくない⁉」

叉羅国には二人の国王が存在している。二人の国王は三年ごとに交互《こうご》に国を治めている。この二重王朝問題を解決するために、ナガール国王の息子《むすこ》であるハリドガル王子と、タッリム国王の娘であるルディーナ王女を結婚させることになったのだ。

ルディーナは、親によって決められた結婚に納得《なっとく》できていないのだろう。与《あた》えられた恋ではなく自分だけの恋をしたいと思って当然だ。

（ルディーナ王女は、親の言うことのすべてに従っているというわけではないのね）

嫌なものは嫌だと思える意思が、ルディーナにはある。

そして、そのことに本人はまだ気づいていない。

「ルディーナ王女……一つ聞きたいことがあるのですが、貴女はどうして異国人が嫌《きら》いなのですか？」

莉杏の問いかけに、ルディーナは迷わず答えた。

「異国人は不幸を呼ぶわ」

叉羅国では、不幸は外から入ってくるものだと言われている。

こちらから招いた『客人』以外は、絶対に追い返さなければならないのだ。

「では、異国人が不幸を呼んだところを見たことはありますか？」

「ええっと……」

ルディーナは幼いので、異国人と顔を合わせる機会はそうなかったはずだと莉杏は思ったのだけれど、やはりその通りだった。

「見ていないけれど……でも！　みんなそう言っているもの！」

莉杏はそうですねと同意しつつ、次の質問をくちにする。

「みんなというのはどなたですか？」

「お父さまも、お母さまも、ばあやも、みんなよ！」

「皆さんの言葉は正しいのですか？」

「そうよ！」

ルディーナは拳《こぶし》をぎゅっと握《にぎ》る。どうやら元気が出てきたようだ。

「では、なぜ婚約決定は『おかしい』のですか？　皆さんの言葉は正しいのですよね？」

莉杏の問いに、ルディーナは瞬《まばた》きを繰《く》り返《かえ》した。

すぐに理解できなかったようで、莉杏の顔をじっと見つめてしまう。

「……あれ？」

それから首をかしげた。両手を頬《ほお》に当て、混乱していますと言わんばかりに思いついたことをそのまま述べていく。

「え？　なんで、でも、婚約はおかしいわ……そう、異国人はおかしくなくて……」

ルディーナは、なぜ自分が逆のことを言っているのだろうかと不思議に思ってしまった。

それだけではなく、なぜそのことにずっと気づかなかったのだろうかとも。

「わからない……どうして……？」

ルディーナはここにきて、『当たり前』を初めて疑うことになる。

正しいと思っていたことが、おかしいのかもしれない。

もしくは、おかしいと思っていたことが、正しいのかもしれないのだ。

「勝手な婚約は絶対に嫌、だから……、異国人は不幸を、呼ばない……？」

真面目に考えているルディーナを、莉杏は穏やかに見守る。

（この問題は、ルディーナ王女の時間つぶしになったみたい）

疲れているのに見張りをしなければならないルディーナは、すぐに眠《ねむ》くなるだろうし、苛《いら》つくだろう。けれども、なにかすることがあれば気が紛《まぎ》れる。

(それはわたくしも同じだわ。ルディーナ王女と話ができて気が紛れたもの)

莉杏たちは、異国人を快く思っていないルディーナを、なんとかしてラーナシュのところへ送り届けなければならない。

子どもばかりでは、たったそれだけのことも難しいだろう。しかし、考えることもやるべきこともたくさんあるおかげで、残してきた皆のことを必要以上に考えなくてすんでいる。

(どうか皆が無事でありますように……!)

碧玲《へきれい》も双秋も、どこかでこの夜空を見上げているかもしれない。

「夜空よ　マリーチ　バシシュタ　アンギラス
旅人よ　アトリ　バラスシヤ　パラアッハ
目指せ　クラッツ」

莉杏は小さな声で歌う。どうか夜空の星の導きが二人を安全な場所へ連れていってくれますようにと願った。

「……その歌、貴女も歌えるの？」

叉羅国に生まれた者なら、小さいころに必ず聞いている歌だ。ルディーナも知っていたのだろう。

「ラーナシュ司祭に教えてもらいました。道に迷ったら、星が導いてくれると」

莉杏は夜空の星を指差しながら、星につけられた名前を一つずつ呼んでいく。

「あの星とあの星を繋《つな》いで……そうです、その先が北です」

莉杏はルディーナに星から方角を知る方法を教え、これからどこに向かうかを丁寧に説明する。

「貴女は物知りなのね……」

感心したように言うルディーナに、莉杏は微笑みかけた。

「では、今からルディーナ王女も物知りですね。わたくしと同じように北へ向かう方法を知っているのですから」

「うん……」

ルディーナは北を見る。そして、小さな声であっちが東で……と確認《かくにん》していた。

「明日はどの方角に向かうの？」

「北東です。ラーナシュ司祭の別荘があります。管理人さんが受け入れてくださるかどうかが心配でしたけれど、ルディーナ王女がいたらきっと大丈夫です」

「……わたしが王女だって信じてくれないかもしれない」

ルディーナはそう言って膝を抱える。

人買いに捕《つか》まっていたときのことを思い出したのか、身体を震《ふる》わせた。

「信じなくても、ルディーナ王女だけは絶対に保護してくれますよ」

「そうなの……？」

「ラーナシュ司祭の別荘を任されている方なら、困っている叉羅国人の子どもがいたら、絶対に助けてくれます」

ルディーナは莉杏の説明のおかげで安心できたのか、肩の力を抜く。

しかし、すぐにはっとした。

「サーラ国人ではない貴女たちは？　どうするの？」

「そのときは赤奏国に向かいます。ルディーナ王女は自分のことだけを考えてくださいね。今はそういうときですから」

ルディーナの誘拐によって、内乱が起きようとしている。

誘拐されたルディーナをラーナシュに託《たく》すことができたら、その内乱はきっと収まってくれるだろう。

そうなれば、莉杏たちは赤奏国にすぐ戻れなくても、なんとかなるかもしれない。

「あ……、あのね……！　わたしがお父さまに言ってあげるわ！　異国人でも、貴女たちだけは逃《に》がしてあげてって……！」

ルディーナの言葉に、莉杏は心からの笑顔を見せる。

「ありがとう。とても嬉《うれ》しいです。お父さまとお母さまのところへ戻れたら、よろしくお願いしますね」

ルディーナは、なぜ莉杏たちだけを無意識に特別扱《とくべつあつか》いしてしまったのかを説明できないだろう。

莉杏はそこを指摘《してき》することなく、ルディーナを穏やかに見守る。

もしもいつか、ルディーナがそこに理由や名前をつけてくれたら、絶対に喜ぼう。

交代で見張りをした翌朝、全員が眠気と闘《たたか》いながら出発の準備をする。

昨日はあんなに騒《さわ》いでいたルディーナも、今日はおとなしく馬に乗ってくれたし、文句も言わなかった。

「急げば昼前に別荘地へ着くよ。一気に行こう！」

子どもたちばかりで、体力もない。そして、緊張《きんちょう》し続けているために精神的な疲労もある。

莉杏《りあん》もカシラムもイルの提案に賛成し、北東を目指して走り続けた。

（そろそろ別荘地が見えてくるはず……！）

叉羅国《サーラこく》の中では比較的涼《ひかくてきすず》しく感じられる地方に、ラーナシュの別荘はある。

予定通りに小さな街が見えてきたので、莉杏はほっとした。

しかし、到着したらそれで終わりになるわけではない。別荘の管理人がラーナシュのように異国人に寛容《かんよう》ではなかったら、莉杏たちがどれだけラーナシュの客人だと訴《うった》えても、ルディーナ以外は街から追い出されるだろう。

「着いた！」

小さな街だけれど、ヴァルマ家の別荘地ということもあり、きちんとした壁《かべ》に囲まれている。街の門のところに兵士の姿はなかったけれど、当番の人が夜になると門を閉めにくるのだろう。

「あ、あの大きな家だね」

イルが馬をゆっくり歩かせ、街の中心を目指す。

どきどきしながら大きな門の前まで馬を進ませて、そこで馬から降りた。

「皇后陛下、私は周りを見張っておきます」

「お願いしますね」

傭兵のイルは、いつもすべきことをわかっていて、先に動いてくれる。

莉杏は自分のやるべきことをするために、門兵に声をかけた。

「ご機嫌《きげん》よう。わたくしはラーナシュ司祭の客人で、蕗《ろ》莉杏と申します。管理人の方に取り次いでもらえますか？」

莉杏がにっこりと笑えば、門兵は戸惑《とまど》う。

子どもが四人で訪ねてきた。一人は叉羅国人だけれど、残り三人は明らかに異国人。

ヴァルマ家の別荘にきた理由がまったく見えなくて、門兵は判断に困ってしまう。

「どのような用件だ？」

「わたくしたちは、ラーナシュ司祭に招かれて首都ハヌバッリに向かっていました。けれども、途中《とちゅう》で従者マレムから『首都が大変なことになっているので、しばらく別荘にいてほしい』と頼まれたのです」

「……マレムさまから？」

ラーナシュの客人という嘘は誰にでもつける。

しかし、ラーナシュの従者の名前をさらりと出せるのは、それなりにヴァルマ家に詳しい人物だけだ。

「少々お待ちを」

門兵は屋敷の中へ向かう。

莉杏たちがじりじりとした陽の光を我慢《がまん》していると、管理人がやってきた。

「この子どもたちがラーナシュさまの客人だって？」

管理人から疑いのまなざしを向けられた莉杏は、怯《ひる》むことなく笑顔を見せる。

「わたくしたちは全員、高貴な家の生まれの子どもですわ。家の都合でハヌバッリに向かっていたのですけれど、ラーナシュ司祭が『首都で事件が起きて危なくなったから避難《ひなん》しろ』と優しく声をかけてくださったのです」

ラーナシュならば言いそうだと管理人も思ったのだろう。ほんの少しだけ警戒《けいかい》が薄れる。

「こちらはわたくしたちの旅券です」

莉杏が本物の旅券を見せれば、管理人はどうしようかと迷い始めた。

(あと少しなにかがあれば信じてもらえるかもしれない……！　ルディーナ王女の話をしようかしら？　……ううん、それはしない方がいいかも)

管理人はルディーナの顔を見ても反応しなかった。それならば、ルディーナが実は王女だと言うべきではない。

ルディーナは本当に王女だけれど、今は嘘つきと思われるような発言を絶対にしてはいけないときだ。

(わたくしたちを保護したくなるような『なにか』が他にもあれば……！)

碧玲《へきれい》、双秋《そうしゅう》、女官《にょかん》たちから教えられた旅の注意点。

海成《かいせい》に教えられた外交の注意点。

それから、暁月《あかつき》に教えられたのは——……。

——そうだわ！　陛下に教えていただいた『合言葉』！

たしか暁月は、平民には効果がないかもしれないけれど、それなりの教育を受けた者には効果があると言っていた。

ヴァルマ家の別荘を任されている管理人なら、きっとこの合言葉を知っている。

「あっ」

莉杏は旅券をしまうときにわざと手巾《はんかち》を落とした。それはひらりと門の隙間《すきま》から管理人の足下《あしもと》に落ちていく。

「すみません、拾っていただけますか？　それはわたくしの大事なお友だちである『皓茉《こうまつ》莉花《りか》』から贈《おく》られた手巾なのです」

莉杏が焦《あせ》った演技をしながら『合言葉』をさり気なくくちにした。

すると、管理人の表情が変わる。

「『コウマツリカ』……？」

「はい。白楼国《はくろうこく》の文官《ぶんかん》の皓茉莉花です。わたくしの大事なお友だちです」

莉杏は嘘をついた。この手巾は茉莉花から贈られたものではない。けれども、大事なお友だちというところは本当だ。

「叉羅国の二重王朝問題を解決した、あの『コウマツリカ』のご友人ですか……!?」

「そうです。わたくしはあの『皓茉莉花』の友だちです」

莉杏が笑顔で頷けば、管理人が顔色を変え、門兵に新たな指示を出す。

「門を開けろ！　ラーナシュさまの客人で、コウマツリカさまのご友人さまなら、我々は盛大《せいだい》に歓迎《かんげい》しなければならない！」

先ほどまであったはずの莉杏たちを怪《あや》しむ様子が一気に消えた。

いきなり大歓迎されることになったイルとカシラムは、なぜこうなったのかがわからず、顔を見合わせる。

しかし、ルディーナは眼を見開いていた。

「貴女、コウマツリカと友だちなの⁉」

「はい。茉莉花が赤奏国《せきそうこく》にきてくれたことも、わたくしが白楼国に行ったこともあります。茉莉花は素敵なお友だちですわ」

「お父さまが、コウマツリカは命の恩人だと言っていたわ……！」

ついに別荘の門が開いた。莉杏たちは涼《すず》しい屋内に入ることができる。

客人のための部屋に案内されたあと、柔《やわ》らかい敷物《しきもの》の上に腰《こし》を下ろした。それからみんなで「お疲れさま！」と声をかけ合う。

子どもだけの逃避行《とうひこう》が、やっと終わったのだ。

湯を使って身を清めたあと、着替《きが》えを借りる。

莉杏《りあん》は薄絹《うすぎぬ》を使った叉羅国《サーラこく》の衣装《いしょう》を着たことがあったのだけれど、カシラムとイルは初めての感触《かんしょく》に戸惑っていた。

「あれ？　ルディーナ王女さまは？」

「管理人さんの奥さんの手を借りて、身支度《みじたく》を整えている最中ですよ」

莉杏がイルの疑問に答えながら布で長い髪《かみ》を丁寧に拭《ふ》いていると、イルは「櫛《くし》でとかしてもいい？」と聞いてくる。莉杏がそれにどうぞと答えると、イルは楽しそうに莉杏の髪をとかし始めた。

「偉い人って一人で服を着る機会がないのかな？　あ、でも皇后陛下は一人で着替《きが》えていましたよね？」

イルが莉杏のまっすぐで長い黒髪をとかしながら、不思議そうに言う。

莉杏には、イルのその気持ちがよくわかった。

「実は、皇后の正装は一人で着られないほどの細かい飾《かざ》りがついているのです。日頃《ひごろ》から女官が皇后の着付けの練習をしておかないと、いざというときに大変なことになってしまうそうです。きっとルディーナ王女は、使用人の練習につきあって、一人で服を着る機会はあまりなかったのでしょう」

「そうなんだ！　練習しておかないと、綺麗に着付けられない服もたしかにあるよね。バシュルク国の伝統衣装にも飾り結びがあるし」

なるほどねとイルが納得する。

「……僕はそういう考え方をしたことがなかったな」

カシラムが一人で手の甲《こう》に包帯を巻きながら、驚いた声を出した。

「王族は使用人に着替えを手伝ってもらう。偉い人だから、そういうものだと……」

莉杏はカシラムの言葉にわかりますと同意する。

「わたくしも最初はカシラムのように思っていました。正装ではない衣装なら一人で着られると女官に言ったことがあったのですけれど、女官から『これは私たちの練習になっているんですよ』と教えられたのです」

「日々の鍛錬《たんれん》は大事だよね」

古くからの決まりや伝統には、なにかの意味がある。

しかし、いつの間にかこめられていたはずの意味が忘れられてしまったり、決まりを守ればそれでいいと思ってしまったりすることがある。

そうなると、意味のない古い決まりを変えようという声が上がるのだ。

（陛下は、よほどのことがない限り、伝統を変える必要はないとおっしゃっていた）

暁月《あかつき》はきっと、伝統にこめられた意味をきちんと理解しているのだろう。その上で、今に合わないものがあれば、そのときだけ変えるようにしている。

　それは細やかで大変な作業だけれど、手を抜いたことはないはずだ。

「ルディーナ王女さまをラーナシュ司祭さまの別荘に託せて本当によかったぁ。これでもう王女さまの面倒を見なくてすみますね。向こうも異国人とはあまり接したくないだろうし」

　イルはルディーナのわがままに怒《おこ》っていた。けれども、同時にこうやって気遣《きづか》うこともできる優しい人だ。

「よくあの王女にそこまで優しくできるね。イルはもっと怒ってもいいと思うけれど」

　カシラムが肩をすくめれば、イルはう～んと困ったように笑う。

「異国人が苦手って気持ちは私もわかるんだよね。バシュルク国もそういう国だからさ。私は偶然にも異国出身の友だちができて、その子が優しくていい子だったから、好意的になれただけだし」

「……そっか」

　今回、一緒に旅した四人の出身国はすべて異なっている。

　莉杏は、国ごとに異なる考え方があって、それを尊重しなければならないことが外交の基本だと習った。一緒に旅する三人の考え方を受け入れようと思っていた。

　でも、王族ではないイルも、そして異国人を好まないルディーナも、外交の基本を学んでいないのに、自分なりに相手を気遣っている。

（外交のときも、そうではないときも、人と人との関係はとても大事……）

外交は特別なことではないと、莉杏はみんなから教えられた気がする。

いつものように、当たり前のように、目の前にいる人と仲よくしていこう。

「あとはラーナシュ司祭さまの連絡《れんらく》待ちか……。それまでこの別荘から出ずにじっとしておいた方がいいよね。やることが急になくなっちゃった」

暇《ひま》だねぇとイルが庭を見ながら言う。

「僕はじっとしている方が好きだな。馬に乗るのは好きだけれど」

カシラムは逆に、やっと落ち着けたと嬉しそうにしていた。

莉杏たちが乗ってきた馬は、別荘の馬小屋でゆっくり休んでいる最中だ。一日に一度はどこかをのんびり歩かせた方がいいのだけれど、それは別荘の管理人にお願いした方がいいだろう。

「暇つぶしを探しているのなら、イルにお願いがあります。わたくしにバシュルク語を教えてくれませんか？」

「え⁉　私が⁉」

「バシュルク語が話せる人とご一緒できる折角《せっかく》の機会です！　やっとこうしてゆっくり話せる時間もできましたし」

莉杏は、バシュルク語での挨拶《あいさつ》ぐらいならなんとかできる。けれども、バシュルク国の人と仲よくなりたいのなら、バシュルク語をきちんと話せるようになった方がいいだろう。

「あ～……なら、私も皇后陛下に叉羅語をもう少し習いたいです。失礼な言い方になっているときがある気がしていて……！」

イルが困ったように言うと、カシラムはちょっと笑った。

「たしかにイルはときどき……」

「やっぱり⁉」

イルは笑いごとじゃないよ～と叫ぶ。

「そういうことなら、僕もイルにバシュルク語を教えてほしいな。もしかしたら、バシュルク国の傭兵を目指すことになるかもしれないしね」

「勿論《もちろん》いいよ。でも、バシュルク国は寒いところだから、傭兵になるなら覚悟《かくご》しておいて。私の異国出身の友だち、いっつも寒い寒いって言ってたから」

三人で笑い合っていると、ルディーナが管理人に連れられてやってきた。

彼女はどうしたらいいのかわからないという顔をしたあと、しかたないと言わんばかりに莉杏の横に座る。

莉杏は、自分たちから離れたところに座らなかったルディーナにこっそり驚いたあと、とても嬉しくなった。

夜、ふと莉杏《りあん》は眼が覚めた。

叉羅国《サーラこく》の夜はかなり冷える。上着を肩にかけたあと、ひんやりした廊下《ろうか》を歩き、下の階へ水を飲みに行った。

その帰りに、窓から月を眺《なが》めているカシラムに会う。

「こんばんは。眠れないのですか?」

莉杏がそっと声をかけると、カシラムはゆっくり振り返った。

「……疲れていたはずなのに、起きてしまいました。緊張が残っていたのかもしれません」

莉杏は、自分もそうだったのかもしれないとようやく気づく。

——異国人狩《が》りが始まるかもしれない。

——捕まったら殺されるかもしれない。

——置いてきた碧玲《へきれい》と双秋《そうしゅう》はもしかしたら……。

四人での旅の最中、誰もその不安をくちにしなかった。きっと、やるべきことがたくさんあったおかげだろう。

ラーナシュの別荘にきて、匿《かくま》ってもらえることになって、やるべきことがなくなって、ようやく莉杏たちは不安と向き合えるようになったのだ。

（わたくしは、これからのことがとても不安……。でも一人ではない）

同じ想《おも》いを抱えている仲間がいて、こうやって夜に話もできる。

不安を消すことはできなくても、薄めることはできるだろう。

「わたくしもまだ緊張しているみたいです。でも、互《たが》いに身体だけは休めましょう」

「はい。……皇后陛下、僕をずっと庇《かば》ってくださってありがとうございます」

国を追われた価値のない王子を、双秋も莉杏も見捨てることはしなかった。最後の最後まで共に行動してくれ、安全な場所へ連れていってくれた。

身内から命を狙われていたカシラムは、それがどれほど幸せなことなのかを知っている。

「助けられているのはわたくしの方です。カシラム王子がいなかったら、イルとわたしが交代で歩くことになっていました。本当にありがとう」

もしもカシラムがいなかったら、馬に乗れる人がイル一人だけになってしまう。一頭の馬に三人は乗れない。とても大変な旅になっただろう。

莉杏が心から感謝していることを伝えれば、カシラムの表情が優しくなった。

「僕は自分のことを無力だといつも思っていました。でも、そうではなかったのかもしれないと皇后陛下のおかげで思えるようになりました。……皇后陛下にとっては、叉羅国やムラッカ国の事情に巻きこまれた不運の旅でしょうが、僕にとっては貴重な経験を得ることができた大事な旅になりました」

カシラムとはまだ数日間のつきあいだ。けれども、カシラムの顔つきが明らかに変わってきている気がする。

「僕は今、これからのことを考えていました。この旅の始まりは絶望の未来ばかりを見ていたのに、多くの経験を得ることができたおかげで、希望の未来も見えてきています」

カシラムは「たとえば……」と指を折る。

「赤奏国《せきそうこく》へ行って文官になる。もしくは武官《ぶかん》になる。バシュルク国に行って傭兵になる……」

未来を語るカシラムの声は明るい。

莉杏は、カシラムならどの道を選んでも大丈夫だろうと思うことができた。

「僕には国に戻るという道もまだあります。その場合、戻ってからどうすべきなのかもようやく見えてきました。どの道を選ぶのかはまだわかりませんが……、どの道を選んでも後悔《こうかい》しないようにしたいです」

今回の一件は、カシラムにとって大きな意味をもつ旅になったようだ。莉杏はその手助けが少しだけできたのかもしれない。

「カシラム王子の未来が、カシラム王子にとって輝《かがや》かしいものになるよう、わたくしはどんなときでも祈《いの》り続けますね」

「はい。ありがとうございます」

莉杏はカシラムと別れ、自分の部屋に戻る。

眼を閉じて、耳を澄《す》ませた。

──馬の足音が聞こえないかしら。

双秋と碧玲、それから囮になってくれた海成《かいせい》や武官、女官たち……。

どうか無事にここへたどり着いてほしいと今夜も願った。


別荘の管理人は、莉杏《りあん》が書いた手紙をラーナシュに送ってくれた。

万が一のことを考え、他の人にその手紙が見られてもいいように、莉杏は赤奏語《せきそうご》で手紙を書いておいてある。

(王女を保護したという話を、ラーナシュ以外に知られてはいけない)

最初はタッリム国王派であればこの事実を伝えてもいいのではないかと思っていたのだけれど、カシラムが反対した。

「この国は、自分の家を最も大事にする。統一王朝を歓迎していない者も多い。ルディーナ王女殿下《でんか》が亡《な》くなることで戦争が起きてくれるのならそうしてほしい、と望む者がタッリム国王派の中にもいるはずです」

絶対に信用できるのは、タッリム国王夫妻かラーナシュだけ。

イルがそのことに驚きながらも、「それならどちらかに手紙を渡せばいいんだね」と確認したら、カシラムは再び首を横に振った。

「タッリム国王陛下は、ルディーナ王女殿下を取り戻したら、その事実を伏せて戦争を始めてしまうかもしれない。ここはそういう国なんだ」

バシュルク国はとても小さくて、民《たみ》が一致団結しないと生きていけない。

そんなバシュルク国で育ったイルは、内乱を始めたがるという感覚が理解できなくて、ずっとびっくりしていた。

(わたくしは少しわかるかも……)

莉杏は、暁月《あかつき》が即位《そくい》したあとの騒動《そうどう》を思い出す。

暁月の異母兄《いぼけい》の堯佑《ぎょうゆう》は、暁月から皇帝位を奪《うば》おうとしていた。

堯佑は、戦争をする理由があったから戦争しようとしていたわけではない。戦争をするための理由を探していたのだ。

「なら、もう本当にラーナシュ司祭さまと連絡が取れるのを待つだけだね」

上手《うま》くいけば、四日以内にラーナシュの馬車がここにきてくれるだろう。莉杏たちは、この四日間の休息をたっぷり味わうだけでよかった。

――けれども、穏やかな時間はすぐに終わってしまう。

「門を開けろ。住民から『異国人を匿っている』という連絡を受けた。異国人は全員捕まえるようにと命じられている」

ついにラーナシュの別荘に、『異国人狩り』がやってくる。

莉杏たちは管理人に言われた通り、裏庭に面した部屋の窓の下でじっとしていた。

いざとなったらこの窓から飛び出し、逃げなくてはならない。

「たしかに異国人の子がきましたけれど、もう追い払いましたよ」

「この街の住民から話を聞いたが、この別荘では二頭の馬が飼われているそうだな。だが、馬小屋にはなぜか四頭の馬がいる。……異国人の子どもを匿っていることはわかっているぞ。今すぐ異国人を差し出せば罪に問わない」

「……っ！」

別荘の管理人はこのまま「いない」と言い張るか、それともラーナシュの名前を出して庇うかを迷っているようだ。

(屋敷の中に乗りこまれるのも時間の問題だわ……！)

異国人狩りの兵士たちを上手く追い払うことは無理だろう。莉杏たちはここから飛び出すしかない。

「イル、何人までなら一人でどうにかできますか？」

莉杏の問いに、イルは少し考えたあと、悔《くや》しそうに答えた。

「……訓練された兵士二人を相手にして、時間を稼《かせ》げるかどうかです」

イルに続いて、カシラムもどの程度のことができるのかを明らかにする。

「僕は一人を相手にして時間を稼げるかどうかかな。一応、戦闘訓練は受けていたけれど、それだけ。倒《たお》せる自信はない」

戦うという選択肢《せんたくし》はこれで消えた。ならばもう、子どもの身体の軽さを活《い》かし、早駆《はやが》けして逃げきるという方法しかないだろう。

(でも、ルディーナ王女は……)

彼女は叉羅国人《サーラこくじん》だ。連れていくよりもここにいた方が安全かもしれない。

「ルディーナ王女」

不安そうな顔をしているルディーナに、莉杏は優しく声をかける。

「なにがあっても『別荘の管理人の姪《めい》』というふりをしてくださいね。それから、わたくしたちの存在を知らなかったことにもしてください。もし、ルディーナ王女殿下だと気づかれても、顔がよく似ている他人だと言い張りましょう。信じてもいいのは、貴方《あなた》のお父さまとお母さま、それからラーナシュ司祭だけです」

莉杏はルディーナの背中をそっと押す。

「さぁ、自分の部屋に戻ってください。ここにいてはいけません」

ルディーナは廊下の先と莉杏たちを交互に見た。行くべきかどうかを迷っているようだ。

「……皇后陛下。ルディーナ王女殿下は、僕たちと行くよりもここにいる方が安全だというだけですよ」

カシラムが本当にそれでいいのかと莉杏に問いかけてきた。

莉杏はもう一度だけ考えてみる。

もしも異国人狩りをしている者がナガール国王派で、ルディーナが王女だと気づいてしまったら、ルディーナはすぐに殺されるだろう。その危険性はたしかにある。

（でも、ルディーナ王女は、これまでずっと王女であることに気づかれなかった。わたくしはやっぱり別荘に残した方が安全だと思う）

これはここで答えを出せない問題だ。今は助かる可能性が高い方を選ぶしかない。

莉杏が改めて「ルディーナ王女は別荘にいた方がいい」と言おうとしたとき、カシラムは立ち上がった。

「イル、悪いけれど僕と……」

「わかってる。この状況《じょうきょう》では護衛として役に立たないもんね。でも囮にはなれる」

任せて、とイルは明るく笑った。

「カシラムと私だけなら、逆に動きやすい。隙《すき》があったら逃げよう」

「そうだね。……二人とも隠《かく》れて、急いで！」

イルとカシラムは玄関《げんかん》へ走っていく。

莉杏はとっさに手を伸ばしたけれど、間に合わなかった。慌《あわ》てて二人の名前を叫ぼうとして、駄目だと思い直す。

声を出したら、ここにいる子どもが『四人』だと気づかれるだろう。そうなったら、イルとカシラムの思いを無駄《むだ》にしてしまう。

「ルディーナ王女、隠れましょう！」

莉杏はルディーナの手を掴み、厨房《ちゅうぼう》の中に入る。食材をしまうための大きな木箱があったので、その中に入った。

ふたをわずかに上げて聞き耳を立てると、外の声が聞こえてくる。

──匿ってくださってありがとうございました。

──ご迷惑《めいわく》をおかけしてすみません。二頭の馬をよろしくお願いします。

イルとカシラムは、莉杏とルディーナを守るために、『二頭の馬にそれぞれ乗ってやってきた子ども』として外に出ていった。

「あ……！」

ルディーナもそのことに気づいたのだろう。ルディーナが声を上げそうになったので、莉杏はそのくちを急いで手でふさぐ。

（わたくしはイルとカシラム王子の手を摑めなかった。そのことを後悔しなければならない。でもそれは、二人の思いを無駄にしないようにしてから……！）

小さな子どもであることが悔しかった。守られるだけの存在であることが悲しかった。

（わたくしはいつもそう。みんなに守られてばかり……！　でも、イルとカシラムから託された王女と叉羅国の未来だけは、わたくしが絶対に守ってみせる……！）

二人を止めにいこうとしてもがくルディーナを、莉杏は必死に抑《おさ》える。

それは絶対にしては駄目だと、抱きしめる。

――ラーナシュさまの客人だと言って屋敷の中に入ってきたのはこの二人です……。

――司祭さまの客人であっても、異国人は異国人だ。連れていけ。

「ん～っ、んんっ！」

イルとカシラムは、自分の身を守る術を教えられている。馬にも乗れる。

だから、諦めずにどこかで逃げ出してくれるはずだと信じるしかない。

（イルとカシラムを囮《おとり》にしてしまったこの判断が正しかったのかは、今はわからない。でも、正しかったという答えになるようにしないと……！）

莉杏は使節団のみんなと一緒にいた。けれども、みんなが莉杏を逃がそうとしてくれて、仲間は少しずつ減っていった。そして、ついに二人だけになってしまった。
それでも、莉杏は立ち止まるわけにはいかないのだ。

四問目

異国人狩《が》りの兵士たちが去ったあと、莉杏《りあん》はそっと木箱を開ける。

呆然《ぼうぜん》としているルディーナに、声はまだ出さないようにと注意してから立ち上がった。

（このままこの別荘で匿《かくま》ってもらうか、それとも出ていくか……）

街の人は莉杏たちの姿を見ていた。あの家に異国人の子どもがいると兵士に連絡《れんらく》していた。

馬が二頭増えているのなら、二人だけで出ていけばごまかせるかもしれないと、イルとカシラムはそう判断したのだろう。

（今回はごまかせたわ。でも……）

街の人が「子どもは四人いたはず」と兵士に教えたら、また兵士たちはくるはずだ。

今のうちに管理人へ相談し、赤奏国《せきそうこく》に向かう手段を用意してもらうしかない。

箱から出た莉杏は、ルディーナに手を差《さ》し伸《の》べる。

「ルディーナ王女、わたくしは赤奏国を目指すことにしました。貴女《あなた》はここでラーナシュ司祭を待ちますか？　わたくしと行きますか？」

これはとても難しい問題だ。二日待てばラーナシュはくるかもしれない。しかし、ラーナシュが内乱に巻きこまれてしまっていたら、到着《とうちゃく》が遅《おそ》くなるかもしれない。到着する前に、この別荘地も内乱に巻きこまれるかもしれない。

ルディーナは莉杏と一緒《いっしょ》に出ていっても、子どもというだけで危険な目に遭《あ》うかもしれないし、莉杏と共に追われてしまうかもしれない。

残るか行くか、どちらが危険なのかは、誰《だれ》にもわからなかった。

「わ、わたしは……」

ルディーナはぎゅっと眼《め》を閉じる。

「貴女と行くわ！　あと二日もここでじっとしているのは嫌《いや》だもの……！」

「わかりました」

ルディーナが行くと決めたのなら、あとは準備を急ぐだけだ。

「お嬢《じょう》さまたち！　今すぐここを離れた方がいいです！」

廊下《ろうか》に出たら、管理人が莉杏に逃《に》げることを勧《すす》めてくれた。

「またあの兵士たちがくるかもしれません！　馬車を用意しますので、馬車に隠《かく》れて逃げてください！」

「ありがとうございます。お願いします」

莉杏は、いざとなったら徒歩でも移動できるように、碧玲《へきれい》から教えられていた『絶対に必要なもの』だけを入れた小さな荷物を二つ用意してもらう。

準備が整うまで、莉杏はその荷物をどうやって使うのかをルディーナに説明した。

「馬車の用意ができました！　使用人が赤奏国に行く商人のふりをします！　荷物の中に隠れてください！」

莉杏とルディーナは急いで馬車の荷台に上がる。

大きな木箱や小さな木箱、細長い木箱もあった。大きな木箱を選んでふたを開けたら、少しだけ布が入っている。

夜だったらふたを開けられても、この布をかぶっておけばごまかせるかもしれない。しかし昼間だったら、子どもが布をかぶっていることにすぐ気づかれてしまうはずだ。

（荷物の確認《かくにん》が丁寧《ていねい》だったら見つかってしまう！　どうかあっさり通れますように！）

ルディーナは不安そうにしながらも、おとなしく箱の中に座っていてくれる。

莉杏は箱の中でルディーナにいざ一人になったときはどうしたらいいのかを教えた。

（逃げ方は教えられているけれど、捕まってしまった場合はどうしたらいいのかしら。お金を出したらどうにかなる……？）

そういう交渉《こうしょう》は、双秋《そうしゅう》の得意分野だ。彼がいてくれたら……と思いかけ、莉杏は慌てて首を横に振《ふ》る。今は叶《かな》わないお願いをするときではない。自分でどうにかしなくてはならないときだ。

（わたくしにもできること……わたくしの得意なこと……）

莉杏は毎日のように皇后《こうごう》教育を受けていたけれど、文官《ぶんかん》や武官《ぶかん》、女官《にょかん》と張り合えるような分野はない。

彼女らにも勝てそうなものはあるだろうかと必死に考える。

(琵琶《びわ》、書、刺繍《ししゅう》……闘茶《とうちゃ》、歴史、政《まつりごと》……どれも得意分野とは言えない……。ええーっと、他には……恋《こい》物語には詳《くわ》しいわ！)

しかし、恋物語が関所越《ご》えに役立つかというと、そうではないだろう。どちらかというと、冒険《ぼうけん》物語の方が……。

「あっ⁉」

莉杏は思わず声を上げてしまった。

すると、ルディーナがびくっとして周りを見る。

「なに⁉　なんなの⁉　誰かきた⁉」

「すみません。ちょっと思いついたことがあったのです」

莉杏は驚《おどろ》いているルディーナに謝り、木箱のふたを開けて周りをきょろきょろと見た。

釘《くぎ》、金槌《かなづち》はあったはずだ。いざというときのために、木箱に釘を打って、簡単に開けられないようにするためである。そして、木箱が壊《こわ》れたときのための補強用の木片《もくへん》もある。

(物語の主人公たちは、脱出用の細工をいつも簡単につくっていたけれど……)

莉杏は釘を打ったことはない。今、御者台《ぎょしゃだい》に座ってくれているラーナシュの使用人にあとで相談してみよう。

「……ねぇ、なにを思いついたの？」

ルディーナの質問に、莉杏は先に説明しておくことにした。ルディーナには今から心の準備をしておいてもらわないといけない。

「実はわたくし、かくれんぼが得意なのです」

見えているのに見えないところに隠れることができたら、簡単には見つからないはずだ。かつて池の中に隠れたときと同じことをしてみよう。

イルとカシラムは、異国人狩りの兵士たちによって馬車に乗せられた。

隠していた武器はすべて取り上げられ、足首は紐《ひも》でくくられて馬車に繋《つな》がれていたけれど、この結び方なら解いて逃げることもできそうだ。

様子を見て……とイルは思っていたのだけれど、妙《みょう》なことになっている気がしてきた。

「……ね、なんか思ったより優《やさ》しくされていない？」

「僕もそう思った」

馬車の荷台には自分たち以外の異国人もいる。

みんな不安そうな顔をしているけれど、見張りの兵士から食料や水がもらえたし、殴《なぐ》られたり脅《おど》されたりすることもなかった。

反対に、怪我《けが》はないか、体調はどうか、と心配されたぐらいだ。

「どっちかっていうと、この扱《あつか》いって……」

イルは兵士にもらった菓子《かし》をくちに入れながら、すごく甘いと眼《め》を輝《かがや》かせる。

「うん、保護されたって感じだよね」

カシラムも諦《あきら》めたように菓子を舐《な》めた。それから、甘すぎ……と顔をしかめる。

「いざとなったら逃げ出せそうだけれど……もう少し様子を見る？」

「そうしようか」

イルとカシラムは簡単に打ち合わせをしつつ、景色を眺《なが》めた。

太陽の位置と馬車の影《かげ》から、馬車がどの方角に向かっているのかはわかる。

——この馬車は、首都ハヌバッリに向かっているのかもしれない。

ハヌバッリには、この事態をどうにかできるラーナシュ司祭がいるだろう。逃げるよりもこのまま連れて行かれた方がよさそうだ。

莉杏《りあん》たちは街道《かいどう》を順調に進んでいた。

しかし、ルディーナ王女捜しが本格的に始まっていたようで、関所での荷物の確認はとても厳しくなっている。このままただ荷物の中に隠れているだけでは見つかってしまうだろう。

ルディーナは「わたしはここにいるのに……」と言いたそうな顔をしていたけれど、今はそういう場合ではないということを察していたようで、おとなしくしてくれている。

「よし！　次！」

ついに莉杏たちの番がきた。

御者は叉羅国人《サーラこくじん》なので、旅券を見せるだけで通っていいぞと言われる。

しかし、荷物の確認はやはりあって、ありとあらゆるものを開けられた。

「次はこの木箱だ。……よし、布だけだな」

見るだけではなく手も入れているようだ。もしもあのまま莉杏たちが木箱の中に隠れていたら、すぐに見つかっていただろう。

「この樽《たる》は……葡萄酒《ぶどうしゅ》か。大丈夫そうだな。通っていいぞ」

莉杏とルディーナを乗せた馬車は、ゆっくり走り出した。

すぐに関所の兵士たちは次の人の荷物を確認し始める。

馬車はしばらくそのまま進んだあと、大きな木の陰で一旦止まった。

「お嬢さんたち、大丈夫ですか⁉」

「はい！」

「……やだもう。砂まみれじゃない」

ルディーナは文句を言いながら、馬車の荷台の底から這《は》い出る。

莉杏も同じように、荷台の底から出て、急いで荷台に上がり、再び木箱の中に入った。

（上手《うま》く隠れることができた……！）

莉杏とルディーナは、関所を越えるとき、実は馬車の荷台の底に潜《ひそ》んでいたのだ。

この方法は冒険物語の主人公が使っていた。彼は手の力を使って自力で馬車の荷台の底に張りついていたけれど、莉杏やルディーナにそんなことはできない。

御者に相談したら、荷台の底に木箱を釘で打ちつけてくれたので、莉杏とルディーナはその箱に寝《ね》そべるような形で入っていたのだ。

（荷台の底まで確認されていたら、すぐに気づかれたはず）

見つからなかったのは、そんなところにいるわけがないという思いこみのおかげだ。

「どきどきしたわ……」

胸を押さえるルディーナに、莉杏は同意する。

「わたくしもどきどきしました。見つからなくて本当によかったです」

「そうは見えなかったけれど……」

本当に？　とルディーナが疑ってきた。

「本当ですよ。いざとなったらルディーナ王女の手を握《にぎ》って、一緒に走るつもりでいましたから」

莉杏とルディーナには、見つかったら関所を走って通《とお》り抜《ぬ》け、そのあとに追いかけてきた馬車に拾ってもらうという、上手くいくはずのない作戦しか残っていなかったのだ。

失敗の予感しかしない作戦を使うことにならなくて、本当によかった。

「……貴女はわたしと同じぐらいの年齢《ねんれい》なのに、なんでもできるのね」

ルディーナの声が急に小さくなる。そこに潜む感情に、莉杏は気づくことができた。なにもできない自分にがっかりしてしまう気持ちは、莉杏にもある。

「わたくしにはできることとできないことがあります。わたくしは戦うことも、一人で馬に乗ることもできませんが、叉羅語を話すことはなんとかできますし、かくれんぼもできます。ルディーナ王女にも、できることとできないことがありますよね？」

「あ……そうね。できることとできないことがあるわ」

ルディーナは、できることやできないことをぽつぽつと挙げていく。

莉杏はその話をうんうんと聞いた。

「お父さまのところに戻《もど》れたら、もう少しできることを増やそうと思うの。……結婚《けっこん》は今でも嫌だから、一人で逃げられるように馬の乗り方を覚えたいし、国を出たあとのことを考えると異国語を覚えたいし……。でも異国人はあまり好きではないから、できればサーラ国内のどこかにいたいけれど……」

「学ぶことはとても大事です！　いざというときに自分を助けてくれますから！」

楽しい話をして気を紛《まぎ》らわすことは、とても大事だ。

莉杏はルディーナと助かったあとの話だけをするようにした。

莉杏とルディーナは、ついに国境の関所にたどり着く。

関所の少し手前で馬車を止めてもらい、最後の作戦会議を開いた。

御者の男は、関所を通ろうとしている人から聞いてきた話をしてくれる。

「サーラ国側の関所の荷物の確認はとても厳しいみたいです。おまけに異国人は入ることも出ることも許されていません。赤奏国《せきそうこく》側も異変を察しているようで、サーラ国に入ろうとする赤奏国人を引き留めているようです。赤奏国からくるのはサーラ国人だけで、帰国目的の人ばかりだという話でした」

それ以外にも、異国人が列に並ぼうとしていると兵士たちが集まってきてどこかに連れていかれることも判明した。

「兵士たちは馬車の底も見ていました。似たような方法で脱出《だっしゅつ》しようとした異国人がいたのかもしれません」

「……困りましたね」

関所の兵士たちは『誘拐されている最中のルディーナ王女』もしくは『ルディーナ王女の遺体《いたい》』、それから『異国人』を捜している。

しかし、どうやらルディーナ王女を間近で見たことがある兵士はあまりいないようで、人買い商人のところにいたときのルディーナは、関所の兵士に呼び止められることはなかった。

ルディーナにきちんとした旅券をもたせて変装してもらい、なにか尋ねられたとしても『王女ではない』と言ってもらえば、ルディーナは王女と気づかれることなく脱出できるだろう。けれども、莉杏は変装しても絶対に異国人だとわかってしまうはずだ。

（すぐそこが赤奏国なのに……！）

莉杏は、他の方法を必死に考える。

「ねえ、わたしが赤奏国の人に助けてって頼みに行ってもいいわよ。……あ、でも、サーラ語しか話せないから、向こうにサーラ語を話せる人がいたらの話になるけれど……」

ルディーナは勇ましい提案をしてくれたけれど、莉杏は優しく断った。

「赤奏国の兵士が無理やり叉羅国に入れば、わたくしを保護する目的だったとしても、戦争を始めたということになってしまいます」

「……貴女を助けるためなのに⁉」

「そうです」

ルディーナが信じられないという顔をしている。

外交はとても難しい。莉杏が赤奏国に戻るというそれだけのことでも、今後のことを考えると慎重《しんちょう》に動かなければならないのだ。

（いよいよこの旅の最後の問題だわ……！　関所をどう通過するのか。この難問を解かないと……！）

　ルディーナと御者の男だけなら関所を通ることができる。そして、莉杏は二人に手紙を託《たく》すこともできる。

　皇后直筆の手紙と、皇后だと証明できる旅券の両方を託しておけば、赤奏国側の関所の責任者にすべてを信じてもらえなくても、少しだけ調べてみようと思ってもらえるかもしれない。

（手紙を送っておけば、赤奏国の力を借りることはできる。関所にいる兵士たちの協力によってできるようになること……なにか、あれば……）

　莉杏がどうしたらいいのかを悩《なや》んでいたら、ルディーナが関所越えをしようとしている人たちの長い列を見てうんざりした声を出した。

「……関所を通るって大変なことなのね。列の最後の方の人たちは、この辺りで野宿になってしまいそうだわ」

野宿はしたくないとルディーナが文句を言い始めたので、莉杏はあと少し我慢《がまん》してくださいねと微笑《ほほえ》んだ。

「ねぇ、赤奏国の関所もこのぐらい厳しいの？」

ルディーナの疑問に、莉杏は首をひねる。

「赤奏国側の関所は、ここまで厳しい確認をしていないと思います。厳しくする理由がありませんから。でも、もしも同じぐらい厳しかったら、行列がもっと伸びてしまいますね」

赤奏国でなにかの事件が起きて、赤奏国側の関所での確認も厳しくなったら、旅人たちは国を越えるための二つの関所の通過だけで疲《つか》れてしまうだろう。

（みんな、荷物の確認をまとめてしてほしくなるわよね）

その方が両国の兵士の仕事も楽に……というところまで莉杏は考えたあと、瞬《まばた》きをする。

改めて関所に向かう列を見て、もしもを考えてみた。

——赤奏国側で事件が起きたら、赤奏国側の関所での確認も厳しくなる。厳しくなれば、今より行列が長くなる。旅人がうんざりする。その結果、彼らが兵士たちになにを求めるかというと……。

「ルディーナ王女！　頼《たの》みがあります！」

これしかないと莉杏は覚悟《かくご》を決める。赤奏国に戻るためには、ルディーナに大事な役割を託すしかないだろう。

「わたくしの手紙を赤奏国に届けてくれますか⁉」

莉杏が頭を下げて頼めば、ルディーナは胸を張った。

「だから、最初からわたしはそうするって言ってるじゃないの」

早く渡《わた》しなさいよとルディーナは手を出す。

莉杏はルディーナの頼もしい言葉を聞いて嬉《うれ》しくなった。


莉杏は赤奏国から出るとき、赤奏国側の関所の責任者と挨拶《あいさつ》をしている。

そのときの会話を思い出し、この手紙を書いたのが皇后だと信じられるよう、丁寧に言葉を選んでいった。

——手紙には想《おも》いをこめることができる。

後宮に設置したお手紙箱には、莉杏への想いをこめた手紙が入れられていた。

今はまだ、皇后に読まれることを前提にした皇后を喜ばせる手紙ばかりが入っている。

けれども、その手紙からは女官や宮女《きゅうじょ》の気持ちがしっかり伝わってきていた。

——今のわたくしの想いが、どうか伝わりますように。

莉杏は、この手紙をもってきた少女を国賓《こくひん》として丁重《ていちょう》にもてなしてほしいこと、それから叉羅語を話せる通訳をつけてあげてほしいということも書いておく。

「ルディーナ王女、無理はしないでくださいね」

「大丈夫よ。わたしには商人のお父さまがいて、途中《とちゅう》ではぐれて、わたしが先に行ったと思いこんだお父さまが赤奏国にもう入ってしまったから、わたしは急いで追いかけている……という設定でしょう？　なにを聞かれても完璧《かんぺき》よ」

ルディーナはこのぐらいならわたしにもできるわ、と自信満々に言う。

「赤奏国内に入ったら、できるだけ関所の偉《えら》そうな人に『ラーナシュ司祭からの手紙です』と言ってこれを渡してくださいね」

莉杏は、『ラーナシュ司祭からの手紙です』という赤奏語をルディーナに教えた。ルディーナは忘れないように何度も繰《く》り返《かえ》してくれる。

「……行ってくるわ」

ルディーナは王女なのに、供をつけずに一人で列に並んでくれた。

不安そうにぎゅっと胸の辺りを握っているルディーナを、莉杏たちは遠くからそっと見守る。心配していたけれど、彼女は王女と気づかれることなく無事に関所を通過していった。

（どうか上手くいきますように……！）

莉杏たちの馬車は、誰かとの待ち合わせをしているというふりをしつつ、列から離れたところで待機し続ける。

「あ……列の進みが遅くなりましたよ」

空が赤くなり始めるころ、荷物の中に隠れている莉杏に、御者の男が嬉しそうに列の状況《じょうきょう》を報告してくれた。

そして、しばらくすると関所を通ろうとしている列がゆっくりどころか完全に止まったとも教えてくれた。

おまけに、夕方だというのに、兵士たちが門を閉めると言い出したらしい。

「まだ夕方だぞ？」

「なにかあったのか？」

「まさか戦争が始まるとか……⁉」

列に並んでいる人たちがざわつき始める。今からなら近くの街まで戻れるだろう。しかし、その場合はまた列に並び直さなくてはならない。

「おい、前に並んでいたやつから聞いたんだが、赤奏国側の関所での荷物の確認が一気に厳しくなって、列の進みがかなり遅くなっているらしい。それで、今日はもうここまでしか通せないからサーラ国側の門を閉じてくれと赤奏国に頼まれたらしいぞ」

「赤奏国側も厳しくなったのか。……はぁ、関所を通るだけで疲れるなぁ」

馬車の中にいる莉杏にも、皆《みな》の話が聞こえてくる。

莉杏はほっとした。この様子だと、ルディーナは莉杏に頼まれたことを見事に果たしてくれたはずだ。

「明日こそは通してほしいよな」

列に並んでいた人たちは、諦めてその場で野営をすることにしたらしい。

莉杏と御者の男もこっそり野営の準備をし、馬車で一夜を明かした。

——そして翌日。赤奏国側での荷物の確認がさらに厳しくなったため、叉羅国側の門をやっと通れても、そこから一歩も進めなくなってしまう。

ついには叉羅国側の門のところまで列ができてしまい、叉羅国の兵士は「通してやりたいが、列が伸びてしまって……」と並んでいる人に説明していた。

「なぁ、まだ動かないのか？」

「赤奏国で一体なにがあったのかねぇ」

「列がほとんど進んでいないじゃないか。どれだけ待たせるんだよ」

文句の声がどんどんと大きくなっていく中、赤奏国側からやってきた叉羅国人の商人が、莉杏たちの馬車に声をかけてきた。

「おーい。赤奏国側にいるやつからこの袋《ふくろ》を渡してほしいと頼まれたんだが、あんたでいいんだよな？」

馬車の荷台には二つの結び目をつけた赤い布をひっかけてある。その目印を見て寄ってきた商人は、赤い布でできた袋を見せてきた。

「ああ、これでいい。助かった」

「そりゃよかった。……しかし、この列はすごいな」

商人はずらりと並んだ列を見て、気の毒にという顔をしたあと、街道を歩いていく。

「お嬢さん、この袋で間違《まちが》いないですか？」

御者の男は荷物の確認をするというふりをして、荷台に隠れている莉杏に小さな袋を渡してくれた。莉杏はその袋を開け、中に入っていたものを取り出す。

「干し茘枝《れいし》……間違いありません。列に並びましょう！」

「わかりました」

長い列に莉杏たちの馬車も並ぶ。

文句の声が前後からずっと聞こえていたのだけれど、昼をすぎると文句以外の話も聞こえてきた。

「赤奏国とサーラ国が一緒に荷物検査をすることにしたらしいぞ」

「できるなら早くそうしてくれよ……」

喜びの声が前方から伝わってくる。そして、少しずつ詳しい話も流れてきた。

叉羅国側の関所にて、叉羅国の兵士と赤奏国の兵士がまとめて荷物の確認と旅券の確認を行い始めた。

叉羅国は十二歳の黒髪の少女を捜していて、赤奏国は国宝の剣を探しているようだ。

「なんとか夕方までには通れそうだな」

「疲れたなぁ」

誰もがやっと順番がきたことを喜ぶ。

莉杏を乗せた馬車は、左側の列に並んでいた。いよいよ順番がきたので、御者が旅券を出す。すると、叉羅国の兵士と赤奏国の兵士たちが一緒になって荷台を覗《のぞ》きこんできた。

――結び目が二つある赤い布、それを荷台にかけた馬車が左側の列に並んでいる。荷台に置かれている黄色の紐で縛られた箱の中に隠れるから、開けずに確認したふりをしてほしい。

赤奏国の兵士は、真っ先に黄色の紐で縛られている箱に手をかける。莉杏が手紙で指示を出した通り、彼らは黄色の紐を解きながらも箱のふたをもち上げることはなく、「中には布しかなかった」と叉羅国の兵士に言ってくれた。

叉羅国の兵士と赤奏国の兵士は、御者の男に「通っていいぞ」と言う。

御者の男は馬車を動かし、赤奏国側の関所に向かった。走ればすぐという距離《きょり》の道を進んで赤奏国側の関所を通り抜けた直後、兵士たちに取り囲まれる。

「止まれ！」

御者の男は兵士の指示通りに馬を止めた。兵士たちは急いで荷台に乗りこみ、木箱に声をかけながら紐をほどく。

「皇后陛下《こうごうへいか》！　ご無事ですか⁉」

莉杏は自分で木箱のふたをもちあげた。大丈夫ですと言おうとしたけれど、上手く言葉が出てこない。ずっと叉羅語で話していたせいだろう。

「ええっと、わたくしは大丈夫です。手紙を届けてくれた少女はどうしていますか？」

「我々で保護しております。皇后陛下、よくぞご無事で……！」

莉杏は兵士の手を借り、馬車の荷台から降りる。

そして、もってきた荷物の中から宝石を一つ取り出し、御者をしてくれていたラーナシュの使用人に駆《か》けよった。

「わたくしと友人を無事に赤奏国まで送ってくださり、本当にありがとうございました。このご恩は決して忘れません」

莉杏は叉羅語で御者に礼を言い、宝石を握らせる。

「お嬢さま方を無事にお届けできて本当によかったです。……これは遠慮《えんりょ》させてください。ラーナシュさまの客人で、コウマツリカさまのご友人でもあるお方をお助けするのは、当然のことでございます」

御者の男はそう言って笑ってくれたけれど、莉杏は首を横に振った。

「わたくしの仲間が、叉羅国内で今も大変な目に遭っているかもしれません。そのときはこれを使って助けてください。どうかよろしくお願いします……！」

双秋《そうしゅう》や碧玲《へきれい》、もしかすると海成《かいせい》たちもラーナシュの別荘に逃げてくるかもしれない。そのときは匿ってほしいと莉杏は頼む。

「……わかりました。お任せください」

御者の男はそう言うと、馬車をゆっくり動かして叉羅国に戻っていった。

莉杏は馬車を見送ったあと、兵士たちに行きましょうと笑いかける。

「皇后陛下、こちらへどうぞ。お嬢さまがお待ちです」

「はい！」

莉杏は兵士と共に関所の傍にある砦の中へ入る。

前に莉杏が関所の責任者と挨拶をしたときに使った部屋の扉を開ければ、誰かが莉杏に勢いよく飛びついてきた。

「ルディーナ王女⁉」

莉杏が驚いていると、ルディーナが泣きそうな声を出した。

「よかった、無事だったのね……！」

「ルディーナ王女もお元気そうでよかったです……！」

莉杏はルディーナを抱きしめ返しながら、喜びを分かち合った。

「ここは安全です。安心してくださいね」

関所の責任者は、莉杏の手紙の内容を信じてくれたのだろう。だとしたら、早馬がもう首都に向かっているはずだ。暁月《あかつき》と連絡を取ってから、これからどうするのかを改めて考えよう。

「おそらく、叉羅国へルディーナ王女を保護したことを正式に通達すると思います。きっとラーナシュ司祭に迎《むか》えにきてもらうことになるでしょう」

ルディーナと共に逃げているとき、叉羅国で内乱が始まるかもしれないという話は何度も聞いていた。しかし、内乱になったという話はまだ聞いていなかった。

もしかしたら、まだ内乱回避《かいひ》が間に合うかもしれない。

「首都に向かう馬車を用意してもらいます。少し待っていてくださいね」

莉杏は部屋を出て、兵士に声をかけに行く。まずは別室を借り、埃《ほこり》だらけの服から着替えることにした。

できるだけきちんとした衣服を着ておかないと、近所の子どもと見間違えられてしまうこともあるだろう。その場合は、見間違えた兵士が叱《しか》られてしまうはずだ。

（別荘の管理人さんが、きちんとした着替えを荷物に入れたと言っていたけれど……）

もってきた荷物の中にあった着替えは、叉羅国風のものだったけれど、とても綺麗《きれい》で可愛《かわい》いかった。帯を使えば長さの調節もできそうだ。

着替え終わった莉杏が廊下に出ると、きょろきょろとしていた兵士が莉杏を見るなり焦った声を出す。

「皇后陛下、ちょうどよかったです！　どうかこちらへ……！」

莉杏は、関所の責任者が詳しい話を聞きにきてくれたのだろうと思った。

兵士は莉杏のために、隣《となり》の部屋の扉《とびら》を開けてくれる。

莉杏は事情説明をするついでに関所の責任者へ色々なことをお願いするつもりでいたのだけれど、部屋の中から出てきた関所の責任者は、莉杏に「お待たせしました！　どうぞお入りください！」と言って頭を下げ、この場から離れてしまった。

（あら？　この部屋で事情説明をするつもりでいたけれど、もしかして別の人から他の話があるのかしら……？）

莉杏が首をかしげながら部屋に入ると――……赤い色が視界に入ってきて息を呑《の》んだ。

「え……？」

炎《ほのお》のような赤い髪《かみ》と金色の瞳《ひとみ》をもつ人が立っている。

莉杏は暁月以外に、このような色彩《しきさい》をまとう人を見たことはない。

「……陛下？」

莉杏は、自分の眼で見たものを信じられなかった。ここにいるはずのない人だ。首都で皇帝《こうてい》の仕事をしているはずの人だ。

ずっと逢《あ》いたいと思っていたから、幻覚《げんかく》を見てしまったのかもしれない。

「見間違《みまちが》い……？」

莉杏が瞬きをすると、「はぁ？」という不機嫌《ふきげん》そうな声が聞こえてくる。

「その幽霊《ゆうれい》を見たって感じの反応は一体なんなわけ？」

幻覚が喋《しゃべ》った。

そのことに莉杏はまた驚いてしまう。

「まさか、陛下……⁉」

本当に？　と莉杏は眼を円《まる》くする。

（嘘《うそ》……！　だって、そんなこと……！）

関所の兵士たちが莉杏の手紙を読んだあとに、急いで暁月に使者を送ってくれたとしても、その知らせは、まだ首都に届いていないはずだ。

（もしかして、他に大きな事件があったとか……⁉）

莉杏がくちを大きく開けたまま暁月を見ていると、暁月はため息をついた。

「ほら、さっさとこい」

「え……？」

「感動の再会ってやつをやらないわけ？」

莉杏は暁月の言葉に息を呑む。

そうだ。これは感動の再会だ。

二度と会えないかもしれないとどこかでずっと思っていた。少しずつ旅の仲間が減っていくことに不安を感じていた。でも、それらを絶対に考えないようにしていたのだ。

――立ち止まったら、歩けなくなるかもしれない。だから赤奏国に着くまで、絶対に足を止めない。

莉杏はそんな気持ちで前をひたすら見ていて、そしてついに暁月のところにたどり着いたのだ。

「陛下とわたくしが……再会」

「そう、あんたの陛下と会えたんだよ」

「……わたくしの……陛下」

莉杏はようやく暁月がいることを理解し、実感した。

事情はよくわからないけれど、暁月はここにいる。もう今はそれだけでいい。

――逢いたかった！

莉杏は暁月に飛びついた。

暁月はよろけることもなく、莉杏を受け止め、抱き上げてくれる。

莉杏は絶対に離れたくないと暁月にしがみつく。

「陛下……！　陛下がいます……！」

叉羅国で大変な事件が起きた。莉杏たちはそれに巻きこまれた。

赤奏国の皇后として、判断を誤るわけにはいかない。自分の行動によって赤奏国の危機を招かないように、ずっと気を張っていた。

——一人になっても無事に赤奏国へ戻る。そしてきちんと保護される。

莉杏は、最優先すべきことをわかっていた。みんなのために、歯を食いしばってすべきことをし続けていた。

「陛下！　みんなが……！」

そう、みんながまだ叉羅国にいる。恐《おそ》ろしい状況になっているかもしれない。

莉杏の眼に涙《なみだ》が浮《う》かんだ。安心感、不安感、申し訳なさ、焦り……様々な感情が一気に押しよせてきて、抱《かか》えきれない。

（あ、だめ、まだ……みんなの話を陛下にしないといけないのに……！）

莉杏はどこから説明すべきかを考えたけれど、話さなければならないことがあまりにも多くて、上手くまとめられない。

皇后として、事実だけを報告しろという練習を何度もしてきたのに、大事なときにまったく役に立ってくれなかった。

「ええっと、海成が……！」

最初はそこだったと思いながらなんとか言葉をくちにすると、暁月がぽんぽんと背中を叩《たた》いてくれた。

「叉羅国に放っていた間諜《かんちょう》と、早馬に乗って戻ってきた武官から、おおよその話は聞いている。違《ちが》っているところだけ訂正《ていせい》しろ。──……叉羅国でルディーナ王女が誘拐《ゆうかい》されて、タッリム国王派とナガール国王派が戦う準備を始めた。異国人嫌《ぎら》いの連中から、異国人が不幸を呼びこんだせいで王女は誘拐されたという声が上がり、あんたたちはそれに巻きこまれた」

莉杏は驚き、顔をぱっと上げる。

暁月は、間違っていないみたいだな、とため息をついた。

「おれが知っているのはここまでだ」

叉羅国は一体どうなっているんだと舌打ちをしたあと、莉杏を抱き上げている腕《うで》に力をこめる。

「それと、あんたがきちんと帰ってきたことも、たった今知って安心した」

莉杏が暁月のところに帰ってきたことを実感して安心できたのと同じように、暁月も莉杏が帰ってきたことを実感して安心していた。

莉杏は幸せすぎて、胸がきゅうっと苦しくなる。

「そうです……！　わたくし、陛下のところへ戻ってきました……！」

泣き声混じりで莉杏が必死に告げると、暁月は背中を撫《な》でてくれた。

「あんたは皇后としての務めを立派に果たした。他の連中もやるべきことをやった。あとはおれがどうにかする」

皆が皇后を逃がそうとし、そして皇后は無事に赤奏国へ帰ってきた。

これは、それぞれが自分の役目をしっかり果たしたから可能になったことだ。

全員が褒《ほ》められるべきことをしたのだと、暁月は莉杏にそう言い聞かせてやる。

「あ……！　陛下！　一つだけ違います！」

莉杏は暁月に身を委《ゆだ》ねようとしたけれど、はっとして涙に濡《ぬ》れた瞳を暁月に向けた。

「ルディーナ王女は、ナガール国王派に誘拐されたのではありません！」

「……殺されたのか？」

「いいえ、生きています！　わたくしが保護して連れ帰ってきました！」

「へぇ、生きてたのか……って、は⁉」

今度は暁月が驚く番だ。

莉杏は、叉羅国でなにが起きたのかを説明する。

「ルディーナ王女は、町娘《まちむすめ》に変装して城下街をこっそり歩いていたそうです。そのときに従者とはぐれて、町娘として人攫いに捕まったという話でした。ルディーナ王女は、王女であることを訴《うった》えたけれど誰にも信じてもらえず、売られて働かされ、事情があって人買いのところに返されました。次の引き取り手のところへ連れて行かれる最中に、偶然《ぐうぜん》にもわたくしたちがルディーナ王女を見つけ、保護したのです」

「はぁ⁉　誘拐って馬鹿王女の自業自得《じごうじとく》じゃねぇか！　まさか……、王女の阿呆《あほう》な行動と馬鹿親の勘違いによって内乱が起きようとしているのか⁉」

暁月は、叉羅国内にいる間諜から『ナガール国王派にタッリム国王の娘が誘拐された。ナガール国王もタッリム国王も兵士を集めている。内乱が始まるかもしれない』という報告を受けていた。

しかし、その前提がそもそも間違っているのだとしたら……。

「あんたが出来すぎな子どもなのは、よ〜くわかった……」

暁月は、頭が痛くなった……と呟く。

「わたくしたちはすぐに叉羅国の方々へ王女が生きていることを知らせようとしたのですが、今はタッリム国王夫妻かラーナシュ司祭のどちらかしか信頼《しんらい》できないと言われて……」

「まぁ、そうだな。叉羅国人はやっかいだ。報復のためなら、味方ですら殺す」

「ラーナシュに王女を保護してほしいという手紙を送ったのですが、迎えがくる前に異国人狩りが始まって、わたくしはルディーナ王女と共に赤奏国へ戻ってきたのです」

赤奏国にたどり着けたのは、莉杏とルディーナだけ。

暁月は、莉杏がどれだけ大変な想いとつらい決断を繰り返してきたのかは、たったそれだけでもわかる。

「王女はどうしようもない阿呆だが、あんたはよくやった。王女を信頼できるやつに託さないと、叉羅国は憎《にく》しみの連鎖《れんさ》から逃《のが》れられなくなるからな」

「はい。……ですがわたくしは、赤奏国に帰る途中でたくさんの人を置いてきてしまいました」

一緒に叉羅国に向かっていた武官《ぶかん》や文官《ぶんかん》、女官《にょかん》たち。途中で囮《おとり》になってくれた碧玲と双秋。それから、イルやカシラムも。

今すぐ助けに行きたいのに、叉羅国から出てしまった莉杏は、叉羅国に戻れない。もう待つことしかできないのだ。

「いいんだよ。あんたが叉羅国で殺されていたら、最悪は叉羅国と赤奏国で戦争することになる。あんたが帰ってきたことで、赤奏国と叉羅国の戦争が回避できたんだ。民《たみ》のためによくやった」

莉杏もそのことはきちんとわかっていた。けれども、暁月に慰《なぐさ》められることで、ようやく少しだけ気持ちが楽になる。

（陛下……）

温かくて優しい腕だ。いつだって莉杏の帰る場所はここだった。そして、どんなときもすべてを受け止めてもらえるところだ。

──ここは、世界で一番安心できて、元気を取り戻せるところ。

もう大丈夫だ。あとは暁月に任せていい。できることはきちんとした。

みんなを心配しながら、首都でその帰りを待てばいい。

帰ってくることがわかったら、暁月に頼んで迎えにいくこともできるだろう。

（赤奏国に帰ってきたわたくしは、足を止めてもいい）

莉杏はそう思っていたし、暁月もそれでいいと言ってくれた。

──でも、もう少しだけ。

莉杏は暁月の腕の中で、大きく息を吸った。

大丈夫だ、元気が出てきた。まだやれることはきっとある。

「陛下、わたくしは陛下のところへ帰ったら、皇后の役目は終わりだと思っていました。あとは陛下にお任せすべきだと……」

莉杏は眼を閉じ、ぎゅっと暁月にしがみついた。

「ですが、陛下のところに帰ってきたら、元気が出たのです」

晩月のおかげで、莉杏の身体《からだ》の中から新しい力が湧《わ》いてくる。

悲しい未来ではなく、嬉しい未来にたどり着くために、なにかしたいと思う。

莉杏は眼を開け、視界に暁月を入れた。


「わたくしはもっとがんばりたくなりました！」


莉杏の満面の笑《え》みが、暁月に向けられる。

暁月はそれに驚いたあと、やれやれと言わんばかりにため息をついた。

「あんたってそういうやつだよねぇ。あとはおれがやってやるって言ったのにさぁ」

呆れた声を出しながらも、暁月のまなざしはとても優しい。

莉杏はえへへと笑いながら、暁月の腕から降りる。地に足をつけ、自分の力でしっかり立った。

「わたくしは、叉羅国に残ったみんなを早く救いたいです。そのためには、内乱を起こす理由をなくした方がいいですよね？」

「その通り。ルディーナ王女を連れて、みんなの前で謝らせればいい。……まあ、それだけではすまないかもしれないけどな。町娘と勘違いされて売り飛ばされたという自業自得の話だったのに、ナガール国王派は言いがかりをつけられたわけだしねぇ」

「……ナガール国王陛下は、王女が無事でよかったでは終われませんよね？」

「当然だろ。おれなら謝罪して金を出せぐらいは言うけれど、叉羅国なら謝罪はいらないから首を出せだろうな。……で、それに納得《なっとく》できないやつが復讐《ふくしゅう》しようとするわけだ」

内乱を一時的に止めることはできる。しかし、止め方をしっかり考えないと、また血が流れる。

「おれたちは、ナガール国王派とタッリム国王派の仲介《ちゅうかい》みたいなことをする必要がある。『まぁまぁ』と言って、落としどころって場所に上手く誘導《ゆうどう》しないと、王女を助けたという理由でどちらからも恨《うら》まれるし、内乱も起きるだろう」

「……仲介」

莉杏は元々、バシュルク国とムラッカ国の仲介をするために叉羅国の首都へ向かっていた。

どうやら予定されていた仲介の前に、別件の仲介をしなければならないようだ。

「ええっと、仲介の役割は、双方《そうほう》がここでいいと思えるところにもっていくこと……」

「そう。ナガール国王派は被害者《ひがいしゃ》だ。タッリム国王派に譲歩《じょうほ》しろと諭《さと》さなければ、この話はまとまらないだろうな」

そもそも、ルディーナがこっそり遊びに出かけなければよかった話だ。

本人は充分《じゅうぶん》に自分の行動を反省しているだろうけれど、国を二分する争いに発展したとなると、反省したのでもういいでしょうでは終われない。

「念のために、王女誘拐事件の日の警備責任者がどちらの派閥《はばつ》のやつだったのか、王女を連れた人買い商人を通した関所の責任者は誰だったのか、その辺りのこともはっきりさせておく必要がある。ナガール国王派にも後ろめたいところがあったら、『どっちもどっち』で決着をつけないといけなくなるしな」

「はい！」

「とりあえず、ルディーナ王女に色々なことを聞いてこい。誘拐された日はいつだったか、誘拐されたあとはどの道を通ったのか……すべてを思い出させろ」

「わかりました！」

早速《さっそく》、莉杏はルディーナに話を聞きに行く。

ルディーナに地図を見せながら色々なことを尋ねてみたけれど、彼女はいつどこにいたのかをよくわかっていなかった。

それでも莉杏は、自分が見てきた叉羅国と、地図と、ルディーナの証言から、彼女がどこを通っていったのかを推測していく。

暁月は武官に叉羅国人への聞き込みをさせた。そして、誘拐されたルディーナに気づかなかった関所の責任者の名前を特定していく。

「……あ〜、ナガール国王派も馬鹿だな」

そして夜、暁月は集まった情報から『双方がここでいいと思えるところ』を決めた。

皇帝夫妻のために用意された部屋で、今後の方針を莉杏に語る。

「王女を最初に買ったダハール・パランドラって男は、ナガール国王派の貴族だ。行方不明《ゆくえ》の王女が家にきて王女だと主張していたのに保護しなかったのは大問題だ。これでナガール国王派は、被害者という顔をすることができなくなる。……こうなると、真実を明らかにしたらナガール国王派もタッリム国王派も恥《はじ》をかくだろう」

王女がただの金もちに売られていたら被害者になれたのにな、と暁月はナガール国王に同情した。

「真実を隠すご立派な理由をつくってやって、双方が引けるような『どっちもどっち』にもっていくしかないか……」

暁月は舌打ちをした。叉羅国内に赤奏国の使節団が残っていなかったら、真実を明らかにして双方に恥をかかせて馬鹿だなと高笑いしてやりたかったのに……と嘆《なげ》く。

「莉杏、ルディーナ王女はどんなやつだ？」

「自分の恋を探しにいく素敵《すてき》な方です！」

「あんたにかかると、どんなやつも素敵で終わるんだよなぁ……。凛々《りり》しい演説とかもできそうか？」

「演説……」

莉杏はルディーナの王女としての姿を想像してみる。

文字の読み書きは完璧だろう。発音も素晴《すば》らしい。

そして、王女として育てられたことで自然と身についた気品もあるし、よく通る声ももっている。

「練習したらできると思います！」

「よし。原稿《げんこう》はおれが用意してやるから、急いで演説の練習をさせろ。あとは王女のための叉羅国らしい衣装《いしょう》と、それから……」

暁月はくくっと笑ってしまう。

「泉永《せんえい》はすごいな。使節団が逃げてくるのなら荷物はほとんど置いてくるだろうって、あんたの皇后の衣装一式をおれにもたせたんだよ。まさか役に立つとはねぇ。こういうときは、見た目も整えないといけないしな。……莉杏、あともう少しだけがんばってくれよ」

「はい！　がんばります！」

暁月からできることはまだあると教えられた莉杏は、嬉しくなる。

（陛下はすごい……！）

あっという間に叉羅国の内乱を止める方法を考え、準備も終わらせた。

素晴らしい人の皇后であることが、莉杏はとても誇《ほこ》らしい。

「あとは……」

晩月は莉杏の肩に手を置く。

「問題だ。おれがなんでここにいるのか、答えられるか？」

晩月からの問題に答えるため、莉杏は晩月の説明を思い出した。

（海成が陛下に早馬を飛ばしていた……。だから陛下に大変な事態になったことが伝わっていて……）

でもこの流れだと、晩月の行動は速すぎる。海成の知らせは少し前に首都へ届いたぐらいのはずなので、晩月はようやく首都を出発したころではないだろうか。

「別のお仕事があったのですか？」

莉杏が首をかしげれば、晩月は身をかがめてくる。

「不正解。ほら、耳を貸せ」

小声で話さなければならないということは、もしかして重大な事件でも起きたのだろうか……と莉杏はどきどきしてきた。

晩月は莉杏の耳に手を添《そ》え、小さな声で……。

「——武官からの報告を聞いたあと、あんたが心配になったから、朱雀神獣《すざくしんじゅう》になって急いでここまで駆けつけたんだよ」

暁月の内緒話《ないしょばなし》は、莉杏の頭の中を真っ白にした。

（陛下が、わたくしを心配してくれた……!?）

あの暁月が仕事の手を止め、無事を確認したくて、してはならないことをしてくれた。

喜びのあまり莉杏の胸が熱くなる。足下《あしもと》がふわふわする。

「陛下！」

莉杏はかがんでくれている暁月に抱きついた。

この気持ちをどうやって表現したらいいのかわからない。

幸せと興奮と、そして暁月を好きという気持ちが止まらない。

「まぁ、いざとなったら赤奏国と叉羅国の戦争が始まるかもしれないし、混乱した状況で皇后が無事かどうかを確認するのは皇帝の大事な仕事だし、一年も一緒にいたらそれなりの情もあるし……って、おい！　おれの言い訳を聞けって！　言い訳をさせろ！」

「陛下、嬉しいです！　すごく嬉しいです！」

「はいはい、わかったよ。知ってる。……知ってるから、喜ぶことを教えてやったんだ。これは国家機密だからな。絶対に他のやつに言うなよ」

「はい！」

莉杏は暁月に抱きついたままぴょんぴょんと飛び跳《とは》ねる。

皇后らしくないはしゃぎ方だけれど、この部屋には暁月と莉杏以外はいないし、暁月は国家機密にしてくれるだろう。

「あ！　嬉しいことが他にもありました！　陛下に教えていただいた合言葉が、叉羅国でとても役に立ったのです！　陛下はすごいです！」

「あれか。へぇ、本当に効果があるなんてねぇ」

隣国《りんごく》の白楼国《はくろうこく》の文官『晧茉莉花《こうまつりか》』は、あちこちで活躍《かつやく》している女性で、叉羅国の二重王朝問題の解決にも関わっていた。

白楼国の皇帝によって順調に育てられている化けものの知名度に、暁月は驚くを通り越して呆れてしまう。

「わたくしも茉莉花のように仕事ができる女性になります！」

「あんたはああいう女にはなれないって。このままでいいよ」

暁月としては、むしろそうなってほしくない。

莉杏は莉杏らしくこのまままっすぐ育つだけで、立派な皇后になれるだろう。

「……そろそろ休もうぜ。明日はまた大変だからな」

暁月がはしゃぐ莉杏を寝台《しんだい》に誘《さそ》えば、莉杏は元気よく「はい！」と返事をしてくれた。

しかし、あっという顔をしたあと、暁月の袖《そで》を引く。

「陛下、寝る前にわたくしも内緒話をしたいです！」

莉杏の頼みに、暁月はやれやれとしゃがみこんだ。

「内緒話ってことは、とんでもない国家機密だろうな？」

「勿論《もちろん》です！」

莉杏は暁月の耳に手を添え、顔を近づける。

「……わたくしは、陛下のことが大好きです！」

莉杏のえへへという無邪気《むじゃき》な笑い声が暁月の耳をくすぐった。

暁月は呆れた声を出すしかない。

「これが国家機密〜？　おれ以外も知ってることじゃねぇか」

「昨日よりも大好きになったのです！　これは陛下だけが知っていることです！」

「あっそ。そんなのわざわざ言われなくても知ってることなんだけれど？」

「ご存じだったのですか⁉　陛下はすごいです！」

莉杏は暁月に再び抱きつき、嬉しいという気持ちを全身で伝える。

すっかりいつもの調子に戻った莉杏に、暁月は苦笑《くしょう》するしかなかった。

終章

朱雀神獣《すざくしんじゅう》の異名は『鳳凰《ほうおう》』だ。そして、実は異名がもう一つある。朱雀神獣は叉羅国《サーラこく》で『ガルーダ』と呼ばれていて、炎《ほのお》の神鳥として敬われているのだ。

莉杏《りあん》は叉羅国内で何度も出てきた『この選択で本当にいいのか?』という問題の答えを確かめるために、炎の神鳥でもある朱雀神獣に乗って再び叉羅国の首都ハヌバッリを目指していた。

「た、た、高いわ……!」

首都ハヌバッリを目指しているのは莉杏だけではない。

美しい衣装《いしょう》を身につけたルディーナは、朱雀神獣の上で声を震《ふる》わせている。

莉杏はルディーナの背中をそっとさすった。

「朱雀神獣さまはとても優《やさ》しい方です。わたくしたちを落とすような飛び方はしないので安心してください」

「本当に……!? 信じるわよ!」

ルディーナは朱雀神獣を見たときに「ガルーダだわ!」と感動していたけれど、朱雀神獣に乗ってハヌバッリに行くという話をしたら顔色を変えた。

莉杏がなだめて、説得して、なだめて、ようやくルディーナも朱雀神獣の背に乗ってくれたのだけれど、彼女は莉杏と違《ちが》って美しい景色を楽しむ余裕《よゆう》はなさそうだ。

「それで、演説の練習の続きですが……」

「こんなときにも練習するの⁉」

「飛んでいる間に眠《ねむ》くなったら大変ですよ」

「絶対にならないわよ！」

ルディーナの高い声に、朱雀神獣の暁月《あかつき》はこっそり「うるせぇな」と思っていた。しかし、言葉にするとより騒《さわ》がしくなることがわかりきっていたので、我慢《がまん》する。

（典型的なわがまま娘《むすめ》だ。自分のしたことの意味をちっとも理解していない。……よくもまぁ、莉杏はこんなやつに演説を仕込もうと思えたな）

莉杏の根気とルディーナのわがままが戦ったとき、最終的に莉杏が粘《ねば》り勝《が》ちしたのだろう。おそらく、ルディーナは莉杏と戦っても疲《つか》れるだけだと、なんとなく身体《からだ》で理解しているのかもしれない。

（わがままお嬢《じょう》さまにここまでとことんつきあって戦ってくれる女なんて、こいつぐらいしかいないだろうよ。ほとんどのやつは面倒《めんどう》くさくなって先に折れてくれる）

そして今回もまた、ルディーナは莉杏の根気に負けた。

朱雀神獣の背の上で、暗記するまで叩《たた》きこまれた演説の練習を始める。

（まぁ、でも、こいつも莉杏と同じぐらい素直だよな。ラーナシュがこいつを上手《うま》く教育できたら、面白《おもしろ》いことになるかもしれない）

暁月は、ルディーナと挨拶をしたときのことを思い出した。


暁月は赤奏国《せきそうこく》に帰ってきた莉杏を慰《なぐさ》めたあと、莉杏にルディーナを紹介された。

ルディーナは異国の皇帝《こうてい》である暁月を見て、莉杏の袖をぎゅっと摑み、不安そうな表情になる。

暁月の顔がただ怖いと思っているのか、それとも異国人だから怖いのか。

暁月はルディーナと初対面なので、どちらなのかはわからなかった。

「ルディーナ王女、こちらが赤奏国の皇帝陛下《へいか》でございます」

「……お目にかかれて光栄です」

ルディーナは赤奏語を話せないので、叉羅語で挨拶をする。

一方、暁月は挨拶程度の叉羅語なら話せるので、ルディーナとの会話に困ってしまったときは莉杏に助けてもらうことにした。

（しっかし、やる気のねぇ挨拶だな。王女じゃなかったら、おれへの不敬罪《ふけいざい》で国外追放にしてやったぞ）

暁月がやれやれと思っていると、莉杏はルディーナに声をかける。

「ルディーナ王女がタッリム国王陛下の元へ帰れるように、陛下と一緒にがんばっているところです。もう少しお待ちくださいね」

ルディーナはちらりと莉杏と暁月を見た。ルディーナの大きな瞳《ひとみ》からは、「どうして」という疑問が伝わってくる。

「……どうして異国人が私に優しくするの？　優しくするといいことでもあるわけ？」

ルディーナは典型的な叉羅国人だ。異国人は不幸を呼ぶと思っている。

彼女の純粋な疑問に、莉杏はふふふと笑った。

「わたくしは、誰かに優しくすることへの理由はいらないと思っています」

「いらないの!?」

「はい。わたくしは誰かに優しくされたら嬉しいです。だからわたくしも、誰かに優しくできる人でありたいのです」

莉杏のあまりにも綺麗《きれい》な心に、ルディーナはなにか思うところがあったらしい。しばらくなにも言えなかったけれど、やがて意を決したようにくちを開いた。

「異国人は不幸を呼ぶわ。……でも、異国人は私に優しくしてくれる。サーラ国人なのにわたしを誘拐して売った人もいる。絶対になにかがおかしいのに、よくわからない
……！」

ルディーナが混乱していることを告げると、莉杏はどうしたらいいだろうかと暁月を見上げる。

（ありがたい教えってやつは、あの阿呆《あほう》な司祭《しさい》の役目なのにねぇ）

暁月はなんでおれがと思いつつも、今後のことを考えるとルディーナを手懐《てなづ》けておいた方がいいのはたしかなので、屁理屈《へりくつ》をこね回してやることにした。

「異国人ってのは、幸せも不幸も運んでくるんだよ」

暁月の言葉に、ルディーナは首をかしげる。

「みんな、異国人が幸せも運んでくるという話をしていなかったわ。それは本当なの？」

「本当だよ。……あんたさぁ、大雨が続いたら川が大変なことになるって知ってる？」

暁月の簡単な質問に、ルディーナは胸を張って答える。

「知っているわ。王宮の傍《そば》に川が流れていて、王宮内の水路に繋《つな》がっているのよ。大雨が続いたら、水路の水があふれてしまうの」

「なら、雨が降らないとそれはそれで大変なことになるのは知っているか？」

「それも知っているわ。雨が降らないと作物が採《と》れないの」

ルディーナが再び胸を張ったので、暁月はこれぐらいはさすがにわかるみたいだなとほっとした。

「雨は幸せも不幸も呼びこむ。これは理解できたな。物事ってのは、雨と同じで、だいたいはいいことも悪いことも一緒になっているんだ。好きな果物《くだもの》を食べたらおいしい、幸せになれる。でも食べすぎたら腹が痛くなって不幸になる」

「……たしかにその通りね」

暁月のわかりやすい例に、ルディーナは今のところしっかりついてきている。

「異国人も同じだ。幸せも不幸も運んでくる。……でもさぁ、あんたもできれば幸せだけほしくないか？」

「うん、幸せだけほしいわ」

暁月はよしよしと心の中で頷《うなず》いた。わかりやすい簡単な話にもちこめば、ルディーナはあっさり受け入れてくれる。

「不幸と幸せは雨と同じで、残念なことにこっちが好き勝手に分けられるものでもない。だから昔の人は『外からの不幸と幸せを同時に受け入れるか。それとも外からの不幸と幸せをまとめて拒絶するか』で悩んで、国を守るためにまとめて拒絶することにしたんだ」

暁月はそんなわけあるかよと思いながら、ルディーナが納得しやすい理由をつくっていった。

ルディーナは暁月の企み通り、眼《め》を輝かせる。

「わかったわ！　そういうことだったのね……！」

そして、莉杏もルディーナと同じように大きな瞳をきらきらさせていた。「陛下、すごいです！」と思っていることがよく伝わってくる。

「これは昔の話だ。今は国王も民もより賢くなっている。おれはそろそろ幸せだけを上手く選び取れるようになっているんじゃないかと思っている」

——昔と今は違う。

ルディーナはそのことに大きく頷いた。

「幸せだけを選び取るために、これから多くのことを学べ。両親だけではなく、ラーナシュ司祭の話をよく聞けよ。あいつは異国に行くことを趣味にしていたから、色々なことを知っている」

いずれ叉羅国を背負う王女が、皇后の莉杏と仲よくなってくれたら、赤奏国はとても助かる。そのためには、ルディーナの異国人に対する敵意を減らす必要があった。今回のことで、きっかけだけはつくれただろう。

「わたしはこれからお勉強をもっとがんばるわ！」

目標が決まれば、やる気が自然と生まれてくる。

ルディーナは、あれも覚えたいし、これも身につけたいし……と両親の元へ帰ったあとのことを楽しそうに語った。

「それと、やりたいことがもう一つできたの」

ルディーナはなにかを思い出したのか、怒りから頬を膨《ふく》らませる。

「サーラ国での人の売り買いを禁止させるわ」

暁月は、ルディーナの決意表明に少しだけ感心した。

ルディーナはきっと、国の治安がどうのこうのとかいう、国を導く者としての視点で人身売買を禁止しようとしているわけではないだろう。

金もちに売られて下働きになったという苦い経験をしたことで、人買いに対して怒りが湧いただけだ。

人身売買を禁止しようとする理由はとても単純だけれど、隣国の治安がよくなることは大歓迎である。

「なら、やりたいことをやるために、今から叉羅国の内乱を止めないといけない。それも理解できているよな？」

暁月の確認に、ルディーナは大きく頷いた。

——自分を最優先してもらえないのは、内乱が始まろうとしているから。

ルディーナは莉杏たちと苦労ばかりの旅をしたことで、内乱なんてどうでもいいと言えなくなっていた。

内乱が収まらないと、王女というだけで殺されるかもしれないし、関所を通ることがとても難しくなるし、夜に見張りもしなければならないのだ。

「叉羅国の内乱は、王女であるお前の誘拐がきっかけだ。だったら、お前が王女として止めないといけない」

「わたしが止める……？　そんなことわたしにできるの……？」

「やり方は莉杏が教えてくれる。言うことをよく聞けよ」

ルディーナは暁月と莉杏を交互に見る。

同年代なのに自分と違ってなにもかもできる皇后と、自分の疑問をあっさり解決してくれた皇帝。

少し前のルディーナだったら、「なんでわたしがそんなことをしなければいけないの⁉」と怒っただろうけれど、今は二人への信頼によって、その通りだという気持ちになっていた。

「ルディーナ王女なら、きっと叉羅国を救えますよ」

莉杏の言葉が、ルディーナの背中を押す。

「……わかったわ。やってみる」

ルディーナは、生まれて初めて自分が『王女』であることを意識した。

朱雀神獣の背の上にいるルディーナは、あまりの高さに恐怖を感じながらも、王女として内乱を止めるための演説の練習を繰り返していた。

「わたしは光の神子《みこ》の導きによって、光の山を訪《おとず》れ……ええっと」

「言葉につまったときは、光の神子と会えたことに感動している最中……と思ってもらえるように、胸にそっと手を当てるのです」

「今それをやったら落ちるわよ！」

ルディーナの叫《さけ》び声《ごえ》は、朱雀神獣になっている暁月の耳へ刺《さ》さる。

暁月は莉杏のことを元気いっぱいな子どもだと思っていたのだけれど、こいつはどちらかといえばおとなしいのでは……？　と考え直してしまった。

（なんつーか、この……莉杏のにこにこ笑って絶対に引かないところって……）

暁月は今まで見てきた『優秀《ゆうしゅう》な女性』を思《おも》い浮《う》かべてみたけれど、莉杏は誰《だれ》とも似ていない。あの皓茉莉花《こうまつりか》とも、後宮《こうきゅう》の女官長《にょかんちょう》とも、武官《ぶかん》の翠碧玲《すいへきれい》とも違う。

莉杏と似ているのは、どちらかといえば……。

（……いや、似ていない！　絶対に似ていない！　白楼国《はくろうこく》の皇帝《こうてい》と莉杏が似ていると思うなんて、ありえない！　あいつは間違《まちが》いなく短気でせっかちだし、莉杏の気はかなり長いぞ！　……おれはきっと、馬鹿娘な王女の声でかなり疲れているんだろうな）

暁月は馬鹿げた考えを捨てるために、飛ぶ速度をどんどん上げていった。

現在の叉羅国《サーラこく》は、タッリム国王が治めている。そのため、首都の王宮にはタッリム国王派とその兵士たちが集まり、郊外《こうがい》の離宮《りきゅう》にナガール国王派とその兵士が集まっていた。

このままだと、首都近くのバラシャン平原が戦場になるだろう。

それを待ち望む者もいれば、どうにか回避《かいひ》しようと走り回る者もいる。

司祭のラーナシュ・ヴァルマ・アルディティナ・ノルカウスは、二人の国王を説得するために、王宮と離宮を行ったりきたりしていた。

「……このままだとまずいな」

赤奏国《せきそうこく》の皇后から、保護した王女と別荘《べっそう》にいるという手紙が届いた。

そこには詳《くわ》しい事情も書かれていたので、王女が勘違《かんちが》いで誘拐《ゆうかい》されたことも判明している。

ラーナシュはすぐに従者のマレムへ王女を迎《むか》えにいけと命じたけれど、王女と皇后は赤奏国に向かってしまったあとだった。

(皇后殿《どの》、無事に赤奏国へ着いていると信じているぞ……!)

上手くいけば、近日中に赤奏国からルディーナを保護しているという連絡がくるはずだ。

しかし、ルディーナの無事を確認したらそれで終わりという話ではない。次は、タッリム国王とナガール国王の振《ふ》り上《あ》げた拳《こぶし》をどこへ下ろすべきかを考える必要がある。双方《そうほう》が納得《なっとく》できなければ、やはり内乱が始まるだろう。

ラーナシュは王宮を出たあと、ため息をついた。けれどもすぐに首を横に振り、気持ちを切《き》り替《か》える。

「……おい！　あれはなんだ⁉」

そのとき、誰かが空を見て叫んだ。

馬車に乗ろうとしていたラーナシュもつられて顔を上げ……眼《め》を見開く。

「ガルーダ⁉」

炎の神鳥ガルーダが空を飛んでいる。

ラーナシュは、街を歩く人たちと一緒《いっしょ》にくちを大きく開けた。

「うわぁ、すごい！　初めて見た！」

「ガルーダの巣がこの近くにあるのか⁉」

「綺麗《きれい》……！　神々《こうごう》しいわ……！」

わあっと歓声《かんせい》が上がり、人々が家からどんどん出てきて空を見上げる。

誰もが届かないとわかっていても手を伸《の》ばし、降りてきてほしいと必死に祈《いの》った。

ラーナシュも眼を輝《かがや》かせながら空に手を伸ばす。そして、珍《めずら》しい生きものを飼うことを趣味《しゅみ》にしている司祭のシヴァンを呼びに行こうと思った。きっと喜ぶだろう。

「行き先を変更するぞ」

ラーナシュは御者《ぎょしゃ》へシヴァンの家に行ってくれと言おうとしたのだけれど、空に黒いものが見えて思わず動きを止めた。

(神鳥の背に、なにかがいる……⁉)

太陽の光が眩《まぶ》しくて、ちかちかする。

それでも眼を凝《こ》らしていると、神鳥がふわりと下降してきた。

ガルーダの背に乗っているのは、二人の黒髪《くろかみ》の少女だ。

ラーナシュはどちらの少女の顔も知っていて、どちらも無事でいてくれとずっと祈っていた。

「皇后殿⁉　王女殿下《でんか》⁉」

まさかと思いながら手を振ると、小さな人影《ひとかげ》も手を振り返してくれる。

ガルーダはさらに降りてきて、ラーナシュはガルーダの背中に座っている莉杏《りあん》とはっきり眼を合わせることになった。

——莉杏はなにかを叫んでいる。指を二本立てたあと、西を指し示す。

ラーナシュは必死に声を張り上げた。

「すまん！　聞こえん！　だが、言いたいことはわかるぞ！」

王女を連れてきてくれた莉杏は、ラーナシュをしっかり見ていた。きっと彼女は自分を捜していたのだ。

そして、莉杏が指差したのは、戦場になるだろうと言われていたバラシャン平原である。ガルーダがここで降りずにバラシャン平原へ向かったということは、そこまでこいという意味なのだろう。

（それに、指を二本立てていた。ナガール国王陛下とタッリム国王陛下を連れてきてほしいという意味もありそうだな……！）

ラーナシュは馬車の御者に叫ぶ。

「少し待っていてくれ！　王宮内に戻《もど》る！　あと、シヴァンを見かけたら俺が話をしたがっていたと言っておいてくれ！」

内乱を止めるための希望の星が、叉羅国に戻ってきた。

ラーナシュは、ルディーナを連れ帰ってきてくれた莉杏に感謝してもしきれない。今すぐ歌って踊《おど》り、皇后の勇ましさを讃《たた》えたくなる。

「安心しろ、皇后殿！　貴女《あなた》の大事な人はみんな保護しているぞ！」

この件が落ち着いたら、様々なことを盛大《せいだい》に祝おう。

三日三晩の宴が楽しみだとラーナシュは気合を入れ直した。

バラシャン平原に到着《とうちゃく》した莉杏とルディーナは、朱雀神獣《すざくしんじゅう》から降りてラーナシュたちの到着を待っていた。

いざというときはすぐ逃《に》げられるように、暁月《あかつき》は朱雀神獣のままでいて、莉杏たちに静かによりそってくれている。

暁月は皇帝の姿に戻る気はなく、喋《しゃべ》るつもりもなかった。うっかり喋ったら、ルディーナが騒ぎ出して大変なことになってしまうのは、目に見えている。

「ねえ、お父さまは本当にきてくれるかしら」

「大丈夫《だいじょうぶ》ですよ」

莉杏は待っている間にルディーナの乱れた髪《かみ》を丁寧《ていねい》に直し、衣装の最終確認《かくにん》もする。

こういうときは、一目見て王女だとわかることがとても大事なのだ。

そのままバラシャン平原の景色をしばらく眺《なが》めていると、朱雀神獣がぴくりと動いた。

そして、遠くを見つめるかのように顔を上げる。

「……馬の足音！」

地面から響《ひび》いてくる音に、ルディーナが嬉《うれ》しそうな顔をした。

逆に莉杏は、いきなり矢が降ってきたり、槍《やり》を向けられたりする可能性も考え、いつでも朱雀神獣へ乗れるように警戒《けいかい》しておく。

「ルディーナ王女殿下！　お怪我《けが》はありませんか!?」

真っ先にバラシャン平原へ馬車で駆《か》けつけてくれたのはラーナシュだ。

知っている顔にようやく会えたルディーナは、大きく手を振る。

「ラーナシュ！」

「おお、元気そうでよかった！　皇后殿もご無事のようでなによりだ」

ラーナシュは馬車を降り、ルディーナとの再会を喜んだあと、莉杏に話しかける。

「本当はサーラ国の司祭として皇后殿へ詳しい事情を説明し、丁寧に謝罪をせねばならんとわかっているが、内乱の阻止《そし》を優先させてもらってもいいだろうか」

申し訳ないという顔をするラーナシュに、莉杏は微笑《ほほえ》んだ。

「はい、大丈夫ですよ」

「寛大《かんだい》なるお言葉、本当に感謝する。すぐにタッリム国王陛下とナガール国王陛下がいらっしゃるはずだ。おそらく、身を守るための兵士も多く連れてくるだろう。……策はあるか？」

ラーナシュの声が低くなる。

莉杏がそれに頷《うなず》こうとしたとき、ラーナシュの腕《うで》にしがみついていたルディーナが代わりに答えた。

「勿論《もちろん》よ！　たくさん練習したから大丈夫！」

任せてと胸を張るルディーナを見て、ラーナシュは瞬《まばた》きを繰り返した。そして、きょろきょろと周りを見たあと、身をかがめて莉杏の耳元で囁《ささや》く。

「皇后殿が連れてきてくれたのは、本当にルディーナ王女殿下なのか？　顔がよく似ている別人のように思えてしまうのだが……」

ラーナシュが知っているルディーナなら、こういうときに「わたしはなにも悪くないわ！　全部お父さまの敵が悪いの！」と余計なことを言い出し、皆《みな》を混乱させるだろう。しかし、ここにいるルディーナは、なぜか王女らしく内乱を防ぐことに協力してくれている。

「内乱になったら、してみたいことができなくなるという話をしたのです。そうしたら、内乱回避のお手伝いをしたいと言ってくれました」

「……そうだったのか」

ラーナシュはほっとした声を出したあと、莉杏の肩《かた》に手を置いた。

「皇后殿、貴女の大事な人は皆、俺が保護している」

「……え⁉」

「武官と文官と女官もだ。安心してほしい」

今、なんと言ったのか。

莉杏は思わずラーナシュの服の裾《すそ》を摑《つか》んでしまう。

「碧玲《へきれい》や双秋《そうしゅう》もですか⁉　イルやカシラムは⁉」

「ヘキレイもソウシュウもだ。あと、異国人の子ども二人も保護している。異国人嫌《ぎら》いの者が異国人狩《が》りを始める前に、俺に攫《さら》われてしまった方が安全だと思ったんだ。……それでちょっと誤解が生じてしまったみたいだな」

司祭が異国人狩りを積極的に始めてくれたら、誰もが任せてくれるだろう。

ラーナシュは皆に危害を加えられる前に、異国人をせっせと保護してくれていたのだ。

「よかったです……！」

「うむ。皇后殿ががんばってくれたから、次は俺たちの番だな。俺たちもよかったと言えるようにするぞ」

地面が再び揺《ゆ》れ始める。軍隊が近づいてきているのだろう。

「ラーナシュ、ルディーナ王女の話はすべてわたくしの陛下のつくり話なのですが、どうか話を合わせてください。すべては光の神子の導きという設定になっています」

「そうか。赤奏国の皇帝殿《こうていどの》の策なら信頼《しんらい》できる。……よし、任せておけ！　俺はそういうことが得意だぞ！　シヴァンも巻きこもう！」

叉羅国にはラーナシュの他に、二人の司祭がいる。たしかそのうちの一人がシヴァン・

アクヒット・チャダディーバという名前だったはずだ。

ラーナシュは、慌《あわ》てて駆けつけてきた綺麗な男の人に声をかけに行った。おそらくシヴァンと思われるその綺麗な男の人は、とても怒《おこ》った顔をしたあと、ラーナシュの胸を拳で強く殴《なぐ》りつける。

ラーナシュは頼《たの》んだぞと言わんばかりに笑っているので、シヴァンの拳は「任せておけ」という意味の叉羅国風の仕草なのだろう。

「よし、役者が揃《そろ》ったぞ」

ラーナシュは馬車の紋章《もんしょう》を見て笑った。

巻き上がった砂埃《すなぼこり》と地響《じひび》きの余韻《よいん》を感じる中で、集まってきたタッリム国王派とナガール国王派の真ん中に莉杏たちは立つ。

どちらの国王も馬車から出てこない。矢が飛んでくるのではないか、槍で襲《おそ》われるのではないかと警戒しているのだ。

ラーナシュはまず、大きく息を吸った。

「タッリム国王陛下、ナガール国王陛下！　これよりこの場は司祭であるラーナシュ・ヴァルマ・アルディティナ・ノルカウスに任せてほしい！」

そして、ラーナシュは平原に己の声を響き渡《わた》らせる。

「これよりルディーナ王女殿下が大事な話をなさる。タッリム国王陛下、ナガール国王陛下、前に出てきてよく聞いてほしい」

しばらくの沈黙《ちんもく》のあと、タッリム国王派の兵士たちは、タッリム国王を御輿《みこし》に乗せて運んでくる。

それを見たナガール国王は、自身も御輿に乗ってラーナシュのところまでやってきた。

「ルディーナ！　本当にルディーナなのか⁉」

タッリム国王は娘の姿を近くで確かめたあと、驚《おどろ》きと喜びの声を上げた。

ルディーナも眼を輝かせる。

「お父さま！」

ルディーナは十二歳の少女の顔になり……すぐにはっとした。

莉杏からの注意点、感動の再会はあとにしましょうをなんとか思い出したのだ。

「お、お父さま。わたしは無事です。どうか、今はわたしの話を聞いてください……！」

莉杏に習った通り、ルディーナは声を張り上げる。

タッリム国王は、泣きながら娘が駆けよってくると思っていたから、娘のしっかりとした声に驚いてしまう。

「タッリム国王陛下、ナガール国王陛下、わたしは誘拐されたわけではありません」

ルディーナの宣言に、ナガール国王はそうだろうと大きく頷いた。自分はルディーナの誘拐を指示した覚えはなかった。これはなにかの勘違いだろうとずっと怒っていたのだ。

そして、ルディーナを馬鹿な娘だと思った。嘘《うそ》でもいいから誘拐されたと言うべき場面なのに、と笑いたくなってしまう。

「――わたしは、光の神子さまの導きにより、この国を見て回っていました」

しかし、ナガール国王は息を呑《の》むことになった。光の神子という名前は、それだけの意味をもつ。

「……誘拐されたんじゃなかったのか？」
「光の神子さまの導きってどういうことだ……？」
「一体、なにが起きていたんだ？」

ルディーナの声が聞こえた者たちは、聞こえなかった者に光の神子の導きがあったことを伝えた。ルディーナを中心に、ざわめきがどんどん広がっていく。

同時に「そんなことがあるのか？」という疑問の声もぽつぽつと上がった。

「司祭の俺も光の神子の声を聞いた！　ルディーナ王女殿下は役目を果たしたら帰ってくるというお告げがあったのだ！」

ラーナシュはすぐに話を合わせてくれる。

すると、ラーナシュの隣《となり》に立っている司祭のシヴァンも話を合わせてくれた。

「私も光の神子のお告げを聞いた。ルディーナ王女殿下にはとても大事な役目があるとおっしゃっていた」

「っ!?　わ、私も聞いたぞ！」

また別の男も話を合わせてくれる。

司祭たちがルディーナの話は本当だと言い出してくれたおかげで、皆がルディーナの言葉を子どもの妄想《もうそう》ではなく、真実の言葉だと信じ始めてくれた。

「わたしは、光の神子さまに『結婚《けっこん》する前に、この国をよく知るように』と言われました。そして、光の神子さまから国を正しく導くための覚悟《かくご》を問いかけられたのです」

ルディーナは胸に手を当て、眼を閉じる。

「これから苦難の道を歩むことになる。民《たみ》と共に輝かしい未来を手にするため、民と共に国を守《まも》り抜《ぬ》く意志はあるか……と」

そして一呼吸おいたあと、息を吸って眼を見開き、高い声を平原に響かせる。

「わたしは『あります』と答えました！」

十二歳の王女が、国を導く者としての覚悟を問われ、見事に応えた。

こんなに幼いのに……と兵士たちは驚いてしまう。

「光の神子さまはこの国を心配していらっしゃいました。正統なる国王が不在である今、このように国の中で争いが簡単に発生してしまうことを嘆いておられました」

二人の国王は息を呑む。そしてなにかを言おうとしたけれど、ぐっと堪《こら》えた。

光の神子の言う通り、一度は二重王朝の統一で合意したのに、こうしてまた二人の国王が争いを始めようとしていたのだ。

正統なる王ではないからこのような騒動になったのだと言われたら、その通りだと項垂《うなだ》れるしかない。

「タッリム国王陛下、わたしは無事です。どうかその矛《ほこ》を納めてください」

「……ルディーナ」

「ナガール国王陛下、わたしは国を見て回る最中に、様々な苦難に遭遇《そうぐう》しました。水を求めるわたしに手を差し伸べない領主もいました。これが正統なる国王を失った我が国の現状だと知ることができました。……彼の罪を問うことはしません。どうか、わたしに免《めん》じてその矛を納めてください」

ルディーナの言葉に、ナガール国王は動揺《どうよう》する。

ナガール国王派の貴族が助けを求めるルディーナ王女の手を振《ふ》り払《はら》った……と遠回しに伝えられた気がしたのだ。

それが事実ならば、そのナガール国王派の貴族の一族全員が首を刎《は》ねられてしまうほどの大罪となるだろう。とんでもないことをしてくれたなと心の中で罵《ののし》る。

莉杏は、黙《だま》りこんでしまった二人の国王を見てほっとした。

（陛下がつくってくださった『双方の顔を立てるための嘘』は、信じてもらえたみたい）

まぁまぁと間に入るのが遅《おく》れたら、どちらも引けなくなる。

しかし、どうやら莉杏たちは間に合ったらしい。

莉杏は最後の仕上げをするために、ルディーナの一歩前に出た。

「……タッリム国王陛下、ナガール国王陛下。わたくしは光の神子の導きによって国を見て回る王女と出会い、彼女が無事にその役目を終えられるよう手助けをしました」

そして、あとは任せてほしいとルディーナの肩に手を添える。

「叉羅国は正統なる国王陛下がおらず、未《いま》だ不安定です。此度《こたび》の騒動《そうどう》は、そのことを皆が自覚し、心を一つにするための試練であったと思うのです」

莉杏は、暁月に考えてもらった台詞《せりふ》をくちにする。

これは『互《たが》いの顔を立てながら無傷のまま騒動を終結させよう』という提案だ。

今なら皆が「光の神子さまの言う通りにしよう」と言えるし、国の中で争っている場合ではないと思ってくれるだろう。

（この提案は、わたくしがルディーナ王女を守ったという事実があるからできたこと）

まぁまぁと言い、双方にここで引いてもらいたいのなら、双方から認められていなければならない。今回の莉杏には『ルディーナ王女を守った』という結果がある。莉杏の『ルディーナを連れて逃げる』という答えは、正しかったのだ。

「お二方とも、これは叉羅国を守るための『大規模演習』ですよね？　わたくしはそう認《にん》識《しき》しているのですが、どうでしょうか」

莉杏がにこりと微笑めば、ラーナシュは頷いた。

「赤奏国のご恩人のおっしゃる通りです。光の神子さまの導き通り、我々は王朝を一つにし、心を一つにし、外の敵と戦わなければなりません。これは大規模演習であるべきでしょう」

シヴァンもまた、ここで決着をつけるためにラーナシュを援護してくれた。

「タッリム国王陛下、ナガール国王陛下。我々は力を合わせることができます。そして、外敵を簡単に追い払うこともできます。そのような大規模演習をしたということにすべきです」

続いて、シヴァンの隣にいる三人目の司祭と思われる男性が咳払《せきばら》いをした。

「我々はムラッカ国に奪《うば》い取《と》られた土地を取り戻さなければなりません。ムラッカ国に対して、大規模演習を見せつけることも必要でしょう」

——赤奏国の皇后が言った通り、これらの騒動はすべて大規模演習の一部だ。

どちらが悪いとかそういう話ではなく、叉羅国の力をムラッカ国へ示すために計画され、皆が計画通りに動いた。

「……大規模演習、か」

二人の国王は、赤奏国の皇后と三人の司祭による仲介《ちゅうかい》を渋々《しぶしぶ》受け入れることにする。

ここで意地を張りすぎたら、光の神子の導きに逆らって騒動を起こしたことを皆から非難されるだろう。

今ならすべてを無傷で終わらせることができる。

「まったく、なんてことだ……」

二人の国王は、大規模演習を行ったという言葉をくちにした。

「我らの一声で兵がいつでも集まる。――……見事な演習であった」

「光の神子も、サーラ国の勇ましい兵士をご覧になって安心しただろう」

これで、ルディーナ王女誘拐疑惑《ゆうかいぎわく》から始まった騒動は、内乱に発展しかけたものの、すべては大規模演習の一部だったという形で収まることになる。

（よかった……！　上手くいったわ……！）

叉羅国の二人の国王は、再び手を取り合う道を選んだ。

隣国《りんごく》の情勢が落ち着いたことを、莉杏は素直《すなお》に喜ぶ。

「ルディーナ王女、お見事でしたね」

莉杏が事態を見守っていたルディーナに声をかければ、ルディーナはようやく一段落したことに気づいたのだろう。

「もう大丈夫⁉」

「はい。ルディーナ王女のおかげで、叉羅国は危機を乗《の》り越《こ》えることができました。タッリム国王陛下に、無事に戻ってきたことを直接伝えて差し上げてください」

莉杏が優しくルディーナの背中を押せば、ルディーナは駆け出す。

「——お父さま‼」

王女の国を見て回る旅は、これでようやく終わりだ。

莉杏は再会を喜ぶ父娘《おやこ》の姿を見て、よかったと微笑んだ。

平原の真ん中では落ち着いて話すことが難しいので、改めて王宮で話をしようということになった。

莉杏《りあん》は首都にあるラーナシュの屋敷《やしき》へ招かれることになる。

「皇后殿は王宮でもてなす予定だったが、こんな状況《じょうきょう》になってしまったから準備が終わっていない。今夜だけは俺の家に泊《と》まってくれ」

「わかりました。……あ、ラーナシュ、少しだけ待ってください！」

「どうした？」

「朱雀神獣《すざくしんじゅう》さまと別れのご挨拶をしないといけないのです！」

　莉杏はずっと待ってくれていた暁月《あかつき》のところに戻り、小声で話しかける。

「陛下！　もう少し向こうに行きましょう！　本当は木陰《こかげ》に入りたいのですけれど、ここにはなにもなくて……！」

　夫婦《ふうふ》の別れの挨拶だ。こういうのはひっそりと情熱的にすべきである。

「…………」

　暁月は「あ〜そうですか」と言いたそうな眼を莉杏に向けつつ、莉杏に従ってラーナシュから離《はな》れた。

「陛下、わたくしはここに残って、皇后としてバシュルク国とムラッカ国の仲介の役目を立派に果たしてから帰りますね」

「あんたがやりたいならやればいい。……まぁ、もしかすると、そっちの話し合いは後日改めてになるかもしれないけれどな」

　暁月は羽をばさりと動かしたあと、なにかに苛立《いらだ》ったのか舌打ちをした。

「どうしましたか？」

「なんでもねーよ」

莉杏はぶっきらぼうに返事をした暁月にえへへと笑う。そして、えいっと首元に抱きついた。

「これは簡単な問題でした！　陛下、わたくしが代わりに抱きしめますね！」

「はぁ？　誰があんたを抱きしめてやるつもりだったと言ったわけ？」

「わたくしは、陛下の心の声が聞こえたのです！」

離れたところにいるラーナシュからは、莉杏が朱雀神獣を愛《め》でているように見えているだろう。

しかし、これは夫婦の抱擁《ほうよう》だ。これからがんばってきますという気持ちと、無事に帰ってきますという気持ちをこめた、とても大事な愛情表現である。

「ラーナシュは、皆も無事だと言っていました。状況を確認したら、一度赤奏国《せきそうこく》に手紙を送ります」

「そうしろ。……こっちは被害者《ひがいしゃ》で、おまけに恩人だ。強気にいけ。とことん粘れ。きっと最後はあんたが勝つだろうよ」

「はい！」

莉杏は最後にもう一度、と思いながら暁月を抱きしめる腕に力をこめる。

「仲介の役目をがんばって果たして、それから陛下の元へ必ず帰ります！」

莉杏の決意に、暁月は首を擦《す》りよせて応える。

そして、暁月は莉杏から離れ、空高く舞《ま》い上がった。

——朱雀神獣は莉杏を激励《げきれい》するかのように、空を一度だけぐるりと回る。美しい火の粉を降らせたあと、赤奏国に向かって飛んでいった。

莉杏はそれを黙って見送ったあと、くるりと振り返る。

「ラーナシュ、行きましょう！」

「ああ。盛大にもてなされてくれ！」

ラーナシュの馬車に乗って首都ハヌバッリに入れば、一気に空気が変わった。

人がたくさんいる。鮮《あざ》やかな色があちこちから眼に入ってくる。陽気な音楽が聞こえてくる。

もうすぐ内乱が始まろうとしていたのに、人々はいつも通りの生活を送っていたようだ。

莉杏はそのことにとても驚いてしまった。

「サーラ国は二重王朝問題の件でずっと戦っていたからな。みんな慣れている」

「慣れていても、内乱にならないとわかったら嬉しくなるはずです！」

「その通りだ！　俺たちは盛大に『大規模演習の成功』を喜ぶ必要がある！」

ラーナシュの屋敷に馬車が着くと、ラーナシュは馬車から降りる莉杏に手を貸してくれる。莉杏はすぐに本邸《ほんてい》の方へ案内された。

「皇后陛下！」

屋敷の中には、莉杏と一緒に叉羅国《サーラこく》へ向かっていた使節団のみんながいた。

しかし、真っ先に莉杏に抱きついてきたのは、バシュルク国の傭兵《ようへい》のイルだ。

イルも保護されて無事でいることはラーナシュから教えてもらっていたけれど、それでもやはり顔を見ることができると、心から安心できる。

「イル……！　無事でよかったです！」

「皇后陛下こそ！　よかったぁ！」

莉杏はイルを抱きしめ返しながら、カシラムの姿を探した。すると、喜んでいる双秋《そうしゅう》の傍《そば》に顔を隠《かく》した少年がいる。軽く手を振ってきたので、彼もきっと大丈夫だったのだろう。

「あのとき、私とカシラムが出ていくべきだと思ったんですけれど、でもあれは異国人狩りではなくて異国人の保護だったんですよ！　だったら四人で出ていけばよかった～！ってカシラムと何度も話していて……！」

判断を間違えたとイルは嘆いているけれど、莉杏は間違っていないことを伝える。

「イルの判断は正しかったです。わたくしはイルのおかげで無事に赤奏国へ帰ることができました。イルたちがラーナシュ司祭のところへ連れて行かれたのは、とても運がよかったのです」

暁月は莉杏に何度も「皆は正しい判断をした。だから皇后が赤奏国に戻ってくるという正しい結果が出た」と言ってくれた。

結果として、もっと楽に保護される道はあったのだろう。しかしそれは、運に左右されてしまうものだ。莉杏は皇后として、常に確実な道を選ばなくてはならない。

「……あ、イルとの契約《けいやく》はこれで終了《しゅうりょう》ですね。きちんと報酬《ほうしゅう》をもってきましたよ」

莉杏はバシュルク国の傭兵と契約したのではなく、個人的にイルと契約し、守ってもらっていた。契約書にはハヌバッリに着くまでとなっていたので、ここで終わりにしてもいいだろう。

「バシュルク国の皆さんは大丈夫でしたか？」

「大丈夫でした！　みんな、別棟《べっとう》の方で休んでいます。ラーナシュ司祭さまがずっと匿《かくま》ってくれていたそうです」

「ムラッカ国の皆さんも保護されていたのですか？」

「みたいですね。また別の棟にいると聞きました。バシュルク国の使節団と顔を合わせなくてもいいように配慮《はいりょ》してくださったみたいです。……司祭さまの屋敷、とんでもなく広いんですよ」

ムラッカ国の王子であるカシラムもまた、ムラッカ国の使節団と顔を合わせなくてすんだようだ。それでも叉羅国内を自由に移動できるようになったら、彼には先に赤奏国へ行ってもらった方がいいかもしれない。

「皇后陛下、私は別棟に戻りますね。またあとで改めて挨拶にきます！」

イルがぱっと部屋から出ていく。

そのあと、莉杏はみんなに笑顔《えがお》を向けた。

「皆が無事で本当によかったです……！」

ここにいるみんなは、そのとき一番危険な役割を迷わず引き受けてくれた。だから莉杏は赤奏国に戻れたのだ。

「皇后陛下。最後までお守りすることができず、本当に申し訳ありません」

警護責任者である翠進勇《すいしんゆう》が代表して謝罪してきたので、莉杏は微笑みながら首を横に振る。

「陛下は、皆の判断はすべて正しかったとおっしゃっていました。わたくしも同じ想《おも》いです」

莉杏は赤奏国へ向かっている最中に、何度もこの問題の答えはこれでいいのかと悩《なや》んだ。

──いよいよその答え合わせだ。

莉杏は皆の力を借りて、すべての選択《せんたく》が正しかったという答えを得ることができた。

（陛下、みんな無事です！　叉羅国の内乱を防ぐこともできました……！）

今すぐ暁月にそう言って飛びつきたいけれど、我慢する。

莉杏が帰るころには、暁月も答え合わせの結果を知っているだろうけれど、それでも改めて自分で暁月に報告したかった。

（うん、そうしましょう！　それから……もっと陛下を喜ばせたい！）

莉杏は、皆が無事だったという報告だけではなく、仲介が上手くできたという報告も暁月にしたいのだ。

「では、ムラッカ国とバシュルク国の仲介の準備を始めましょう！　足りない荷物はありませんか？　変わったことは？　まずは報告をお願いします」

莉杏が明るい声を出せば、皆の気持ちが切り替わる。

最初の目的である『ムラッカ国とバシュルク国の話し合いの仲介』はまだ始まってもいない。すべてはこれからだ。

「皇后陛下、荷物はすべて無事です。王宮の準備が整い次第《しだい》、荷物をそちらに運びこむ予定です」

「ヴァルマ家にもしものときのための脱出《だっしゅつ》用の馬車や馬を用意してもらっています。新たな警備計画書をつくりましたので、のちほどご確認ください」

女官や武官からの報告に莉杏は頷く。

そして――……。

「皇后陛下、ヴァルマ家にはムラッカ国の使節団もバシュルク国の使節団もいらっしゃいます。今のうちに挨拶をすませておきましょう。こちらが使節団の名簿です。すべて予定通り……と言いたいところですが、ムラッカ国の人数は足りていないようですね」

海成《かいせい》からの報告に、莉杏は思わずカシラムを見てしまう。

カシラムを赤奏国に送り届けるときは、慎重《しんちょう》に動かなければならない。

「バシュルク国の傭兵の少女とカシラム王子殿下からおおよそのことは聞いていますが、双秋殿と別れたあとにどのようなことがあったのかを、皇后陛下からも教えていただきたいです。叉羅国の王女殿下を赤奏国の皇后陛下が保護したという事実は、仲介のときに役立つはずですから」

「わかりました！」

皆が次に向けて慌ただしく動き出す。

莉杏は早速海成との打ち合わせに励んだ。数カ国の使節団と挨拶をするときは、どの国から挨拶するのかをしっかり考えなければならない。外交はとても繊細《せんさい》な仕事なのだ。

（その辺りのことは海成が考えてくれる。わたくしは挨拶の内容を考え直さないと）

こんなことになったからには、色々大変でしたねという内容の挨拶になるだろう。それから、どこまでこの騒動の真実を話していいのかも決めなければならない。

「まずは双秋と別れたあとの話ですね。わたくしはイルとカシラム王子とルディーナ王女と共にヴァルマ家の別荘地を目指しました」

莉杏はなにがあったのかを語り始める。

今、改めてあのときのことを思い返すと、無事に保護される機会を何度も逃《のが》した大冒険《だいぼうけん》をしたことになっていた。

それでも莉杏は、また同じようなことが起きたら、皇后としてまた同じ判断をするだろう。

海成は莉杏からの話を聞いたあと、なぜか疲れたような表情になる。

「あら？　海成？　どうしましたか？」

「……いえ、こう……なんと言えばいいのか……。皇帝陛下は、皇后陛下から叉羅国の王女殿下の話を聞いたあと、どのような反応をなさっていたんですか？」

「陛下ですか？」

莉杏が暁月に王女についての話をしたら、暁月は深いため息をついたあと……。

「『あんたが出来すぎな子どもなのは、よ〜くわかった』と褒《ほ》めてくださいました！」

「ああ……そうですね。同意します。……普通《ふつう》の十二歳の女の子は軽率《けいそつ》な行動をするものですし、うっかり人攫いに遭遇することもありますよね……」

海成は、国中を巻きこむ騒動を起こした原因であるルディーナに呆《あき》れたあと、いやいや子どもはそういうものだと考え直した。

「ただの平民の子どもなら、いい経験になったねで終われますけれど……」

海成は真実を明らかにしてしっかり叱《しか》られた方がよかったのでは……と頭を抱《かか》える。

「陛下は、真実を明らかにしたら互いに収まりがつかないので、赤奏国が叉羅国に恩を売るという形で嘘を真実にしようとおっしゃっていました」

「赤奏国としては、それが一番ですよねぇ。タッリム国王派にとって、王女が自業自得《じごうじとく》で人攫いに連れて行かれたというのは絶対に隠しておきたいですし、ナガール国王派もうっかり王女を人攫いから買ったなんて絶対に明らかにできないでしょう。赤奏国としてはこれでいいんですけれど、叉羅国はなんというかもう……」

「はい、内乱にならなくてよかったです！」

幸いにも、まだ小競《こぜ》り合《あ》いすらも起きていなかった。国内の武力を周辺国に見せつけるための大規模演習だったと言われたら、信じる者も多いだろう。

「こういう事情があったのなら、まずはラーナシュ司祭さまと話をして、バシュルク国も加えて三カ国での打ち合わせですね。公表してもいい話をどうするのか、そして真実を秘密にしておくお礼をどうするのかを決めなければなりません」

表向きは、国中を見て回ったルディーナ王女を莉杏が守ったことになっている。しかし、本当はそうではなかったという話をして、莉杏はもっと感謝されなければならない。

「三カ国……ですか？　これはバシュルク国に関係のない話ですよね？　イルは個人としてわたくしと契約しましたし、仕事で得た情報は絶対に秘密にするという約束もしましたから」

「たしかに皇后陛下はあの子と仕事で得た情報を秘密にするという約束をしましたが、実際に叉羅国でなにが起きたのかはバシュルク国にもう報告されていて……」

海成はそこでふと言葉を止める。

「そうか……！　バシュルク国にとっては、個人としての契約になると困るのか……！」

海成がはっとした直後、武官が海成を呼びにくる。

「バシュルク国の使節団の代表、アシナリシュ・テュラ軍事顧問《こもんかん》官殿がいらっしゃいました。使節団の一員であるイル・オズトについての話があるそうです。どうしますか？」

ちょうどバシュルク国の話をしていたところだ。

しかし、挨拶の順番やその内容はまだ決まっていない。

莉杏は一度帰ってもらった方がいいかなと思ったのだけれど、海成は大丈夫ですよと莉杏に告げた。

「非公式で会うと伝えてください。とりあえず、俺が使っている部屋に通しましょう」

海成が武官に指示を出したあと、満足そうに微笑む。

「皇后陛下、お手柄《てがら》ですよ」

「お手柄……ですか？」

「はい。皇后陛下の様々なご決断が、赤奏国の価値を上げることになりそうです。ちょっとだけ打ち合わせをしましょう。なにを言われるかはわかっていますから」

海成はそんなことを言ったあと、こういうこともあるんですねと呟《つぶや》いた。


バシュルク国の軍事顧問官アシナリシュ・テュラは、海成《かいせい》と同年代の青年だった。

アシナは莉杏《りあん》に挨拶をしたあと、早速《さっそく》本題に入る。

「赤奏国《せきそうこく》の皇后陛下は個人のイル・オズトと契約したとのことですが、正式にバシュルク国の傭兵と契約したことにしていただきたいと思っています」

莉杏はアシナとの話し合いを海成に任せる。自分の役目は海成のうしろで穏《おだ》やかに微笑み、これでいいですねと確認されたときに頷くことだ。

「契約の一部変更《へんこう》を求める理由をお伺《うかが》いしてもよろしいですか？」

海成は、いつの間にか綺麗な宮廷叉羅語《きゅうていサーラご》を話すようになっていた。

さすがは有能な文官だ。ここで匿われていた間、叉羅語の勉強に励《はげ》んでいたのだろう。

「傭兵のイル・オズトを守るためです。緊急《きんきゅう》事態であることは承知していますが、本来ならばイル・オズトは、バシュルク国の使節団との合流を第一に考えなければなりませんでした。このままでは軍規違反《いはん》で彼女を罰《ばっ》しなければなりません」

「なるほど……。それは大変ですね」

海成はちらりと莉杏を見る。

これは莉杏の意見を求めているように見える仕草だけれど、莉杏がどのような返事をするかはもう打ち合わせ済みである。

「海成、イル・オズトが困らないようにしてあげてください」

「承知いたしました」

海成はうやうやしく答えたあと、アシナに笑いかけた。

「バシュルク国の傭兵との正式な契約であれば、報酬は元の契約書のような金額にはならないはずです。その辺りはどうお考えですか？」

海成が値段の交渉《こうしょう》に移ろうと促《うなが》したけれど、アシナに交渉する気はなかったらしい。

「これはこちらからの『お願い』ですから、報酬を変更するつもりはありません」

「……『お願い』ですか。わかりました。新しい契約書を用意してください」

海成はアシナの要求に応じ、新しい契約書を念入りに確認したあと、莉杏に署名してほしいと言って渡した。

莉杏はバシュルク国で使われている慣れない筆記具を慎重に動かし、契約書に自分の名前を書く。そして、元の契約書を海成に破ってもらった。

(これでイルが叱られずにすむのね)

最初から正式な契約を求めた方がよかったのかな……と考えながら穏やかに微笑んでいると、アシナは丁寧に莉杏へ礼を言い、イルを連れて出て行く。

海成は二人を見送ったあと、莉杏の手元にある新しい契約書を見てふっと笑った。

「皇后陛下、この契約書にはとんでもない価値がありますよ。あのバシュルク国の傭兵部隊を赤奏国の皇后陛下が正式に雇《やと》ったという証明書になるのですから」

莉杏は手にもっている契約書を改めて眺めてみる。

「たしか……バシュルク国の傭兵部隊を雇うのはとても難しいことなのですよね？」

「はい。その通りです。赤奏国がただ依頼《いらい》しただけでは、間違いなく断られます。バシュルク国にとって、赤奏国の依頼を受ける意味がありませんからね」

莉杏は前に暁月《あかつき》からその話を聞いていた。だからイルに「個人としての契約」をもちかけることになったし、イルもまた個人としてなら契約してもいいと言ってくれた。

「今回の一件で『叉羅国《サーラこく》の王女をバシュルク国の傭兵が守りきった』ということにもできたら、バシュルク国にとってありがたい展開になります。今回の話し合いにおいて叉羅国は中立の立場ですけれど、バシュルク国が叉羅国に大きな恩を売っておけば、叉羅国を味方につけることもできるでしょうから」

「あ……！　個人としての契約だったら、叉羅国はイルに感謝して終わりになるけれど、バシュルク国の傭兵部隊として正式に契約していたら、バシュルク国に感謝しなくてはならないのですね！」

国同士の駆け引きは、難しいし、すぐ予想できない展開になる。

ある時点では個人としての契約しかできないと言われてしまうのに、あとになってから自国にとって都合のいい展開にしたいから正式な契約だったことにしてほしいと頼まれてしまうのは、よくあることなのだろう。

（これが外交……！）

何気ない決断が、あとで意味をもつこともある。

そして、意味に気づける力と、気づいたあとにすぐ動くという力も必要だ。

「外交はとても大変です……！」

叉羅国にくる前と今とでは、すべてのことが変わっている。莉杏はそのことをようやく理解できた。

もう一度きちんと色々考え直さなければならないことに焦《あせ》っていると、海成が穏やかに語りかけてくる。

「その外交で、皇后陛下は大きな成果を手に入れました。赤奏国に帰ったら、間違いなく陛下が大喜びしますよ」

莉杏は暁月の言葉を思い出す。

——いつかはバシュルク国の傭兵を雇ってみたいんだよな。

暁月の望みを、莉杏は叶《かな》えることができた。

偶然《ぐうぜん》や向こうの思惑《おもわく》が上手く組み合わさったおかげだとわかっているけれど、それでも莉杏の名前でバシュルク国の傭兵を正式に雇うことができたのだ。

「あ……！」

暁月が求める立派な皇后に、莉杏はまた一歩近づけたのかもしれない。

それがとても嬉しくて、飛《と》び跳《は》ねたくなってしまう。

「海成、わたくしはもっと陛下に褒めてほしいです！」

興奮した声で莉杏が決意を告げると、海成は協力しますよと言ってくれた。

「これからバシュルク国とムラッカ国の話し合いの仲介をして、赤奏国の提案通りの結論を出してもらいましょう」

いよいよ当初の目的だった仲介の役目が始まる。

莉杏は、再びどきどきしてきた。

続

あとがき

こんにちは、石田《いしだ》リンネです。

この度《たび》は『十三歳《じゅうさんさい》の誕生日《たんじょうび》、皇后《こうごう》になりました。8』を手に取っていただき、本当にありがとうございます。

第8巻は、莉杏《りあん》が外交の仕事を任される話です。

莉杏は教えられたことを一気に吸収するのではなく、一つずつ丁寧《ていねい》に学んでいくタイプですが、それらをとても大事にして次に繋《つな》げようとしていきます。

今回は莉杏が学んだことを生かして窮地《きゅうち》を脱出《だっしゅつ》しようとします。暁月《あかつき》の気持ちになって、最後まではらはらどきどきしながら莉杏の大冒険《だいぼうけん》を応援《おうえん》してください！

コミカライズに関するお知らせです。秋田書店様の『月刊プリンセス』にて連載《れんさい》中の青《あお》井《い》みと先生によるコミカライズ版『十三歳の誕生日、皇后になりました。』の第一～四巻が絶賛発売中です！　暁月への恋《こい》と皇后としての使命のどちらにも一生懸命《いっしょうけんめい》な莉杏を、素敵《すてき》なコミカライズ版でも楽しんでください。

この作品を刊行するにあたってお世話になった方々にお礼を申し上げます。

ご指導くださった担当様、内緒話《ないしょばなし》をする可愛《かわい》い赤奏国夫婦《せきそうこくふうふ》を描《えが》いてくださったIzumi先生（夫婦の絆《きずな》を感じるイラストがいつも最高です！）、コミカライズを担当してくださっている青井みと先生、当作品に関わってくださった多くの皆様《みなさま》、手紙やメール、ツイッター等にて温かい言葉をくださった方々、いつも本当にありがとうございます。これからもよろしくお願いします。

最後に、この本を読んでくださった皆様へ。

読み終えたときに少しでも面白《おもしろ》かったと思えるような物語であることを祈《いの》っております。

またお会いできたら嬉《うれ》しいです。

石田リンネ

■ご意見、ご感想をお寄せください。
《ファンレターの宛先》
〒102-8177 東京都千代田区富士見 2-13-3
株式会社KADOKAWA ビーズログ文庫編集部
石田リンネ 先生・Izumi 先生

ビーズログ文庫

●お問い合わせ
https://www.kadokawa.co.jp/（「お問い合わせ」へお進みください）
※内容によっては、お答えできない場合があります。
※サポートは日本国内のみとさせていただきます。
※Japanese text only

十三歳《じゅうさんさい》の誕生日《たんじょうび》、皇后《こうごう》になりました。8

石田《いしだ》リンネ

2023年 5 月15日 初版発行

発行者　山下直久
発行　株式会社 KADOKAWA
〒102-8177 東京都千代田区富士見 2-13-3
（ナビダイヤル） 0570-002-301
デザイン　島田絵里子
印刷所　凸版印刷株式会社
製本所　凸版印刷株式会社

ISBN978-4-04-737488-1 C0193

定価はカバーに表示してあります。